Elena MacKenzie – Hopeless

Als Hope nach vier Jahren auf der Universität in London nach Glasgow zurückkehrt, ist in ihrem vertrauten Zuhause nichts mehr wie es einmal war. Im *Destiny* leben drei Männer, obwohl Männer den privaten Bereich der Mädchen früher nie betreten durften. Ihre Mutter wirkt verwirrt und abwesend und vor den Toren des *Destiny* wird eine schlimm zugerichtete Frau entsorgt. Nur die Männer um Logan Davonport können die Mädchen jetzt noch beschützen. Doch Hope kann und will sich den neuen Regeln in ihrem Zuhause nicht unterordnen, besonders da Logan sie aufgestellt hat und sie nicht erfahren soll warum.

Elena MacKenzie

Hopeless

Roman

Latos-Verlag
Calbe/Saale

Copyright © 2015 by Latos-Verlag, Schloßstraße 25a, 39240 Calbe/Saale
Lektorat: Latos-Verlag
Korrektorat: Sandra Latoscynski, Luna Winter, Diana Falke
Coverfoto: © Serg Zastavkin - stockphoto.com
Umschlaggestaltung: Nicole Döhling, Plauen
Satz: Latos-Verlag, Calbe/Saale
Druck und Bindung: PRESSEL Digitaldruck, Remshalden

1. Auflage 08/2015

ISBN: 978-3-943308-70-9

www.latos-verlag.de

1. Kapitel

In jeder Hand den Griff eines Trollis stehe ich vor der gregorianischen Villa in einem ruhig gelegenen Außenbezirk Glasgows. Das Haus verfügt über nur zwei Etagen, ist dafür aber sehr lang. Der Garten ist noch genauso gepflegt wie ich ihn in Erinnerung habe. Und auch der nackte Knabe steht noch immer an der gleichen Stelle, in den knubbeligen Fingern einen gespannten Bogen, dessen Pfeil auf den blauen Sommerhimmel gerichtet ist. Von Außen wirkt das Haus mit seinen hohen Rundbogenfenstern wie das ganz normale Zuhause einer wohlhabenden Familie. Keiner würde je darauf kommen, was sich hinter diesen unscheinbaren Mauern tagtäglich abspielt.

Langsam gehe ich die breite Auffahrt entlang, die den Vorgarten, der viel eher ein Park ist, in zwei Hälften teilt. Die letzten vier Jahre habe ich in London verbracht, um englische Literatur zu studieren. In dieser Zeit war ich nicht ein einziges Mal hier. Nicht, weil ich es nicht wollte, sondern, weil meine Mutter es nicht wollte. Jetzt ist mein Studium zu Ende und ich komme mit gemischten Gefühlen zurück nach Hause. Ich freue mich auf die Mädchen. Ich habe sie schrecklich vermisst. Sie sind meine Freundinnen, die einzigen, die ich je hatte. Aber ich habe jetzt auch einige Zeit außerhalb dieser Mauern gelebt und die richtige Welt kennengelernt. Das heißt nicht, dass mir die richtige Welt besser gefällt. Sie ist eben richtiger.

Ich drücke die Klingel und warte. Jemand kichert innen. Mein Herz klopft vor Aufregung. In diesem Haus wird oft gelacht. Alle sind immer glücklich hier. Dafür sorgt meine Mutter. Dass die Mädchen nach allem, was sie erlebt haben, ein zufriedenes Leben führen können, ist ihr wichtiger, als ihr eigenes Glück. Dafür arbeitet sie jeden Tag seit 25 Jahren. Die Tür geht auf und Ivy steht vor mir. Sie trägt nur ihre Arbeitskluft: ein rosa Babydoll mit dunkelroter Spitze, das sehr gut zu ihren blonden Haaren und den dunkelgrünen Augen passt. Sie sieht mich und kreischt los.

»Hope! Du bist zu Hause!«

Ich lasse die Koffer los und reiße die Arme auseinander. Sie wirft sich gegen meinen Körper und wir hüpfen und kreischen um die Wette.

»Ich hab dich vermisst.«

»Wir haben dich auch alle vermisst. Wir haben schon Pläne geschmiedet, nach London zu kommen, aber du kennst ja deine Mutter«, sagt sie seufzend und löst sich wieder von mir. Ja, ich kenne sie. Sie wollte, dass ich die vier Jahre an der Universität ohne den Kontakt zu den Mädchen verbringe, um dieses andere Leben kennenzulernen, von dem sie will, dass ich es irgendwann lebe. Sie mustert mich aufmerksam. »Du bist alt geworden.«

»Wer hier wohl alt geworden ist? Schau dir mal die Fältchen in deinem Gesicht an. Langsam solltest du dir eine neue Uniform zulegen. Für ein Babydoll bist du viel zu erwachsen.«

Ivy ist vierunddreißig und damit zehn Jahre älter als ich. Für mich war sie immer wie eine große Schwester, seit sie vor etwa zehn Jahren zu uns in das *Destiny* gezogen ist. Sie schnappt sich meine Koffer und zerrt mich in das Haus. Noch bevor die Tür hinter uns ins Schloss fällt, lässt ihre hohe Stimme das Haus erzittern: »Mädels, Hope ist endlich zurück!«

»Scht!«, mache ich und werfe einen flüchtigen Blick auf die prunkvolle Wanduhr in Rot und Gold, die über der Tür zur Bar hängt. Es ist 17:07 Uhr. Das *Destiny* hat seit sieben Minuten geöffnet. »Sind keine Männer da?«

»Doch, einer. Aber der ist fast immer da. Der wohnt schon hier«, sagt sie ganz nebenbei. Und mehr Aufmerksamkeit braucht ihre Antwort auch nicht, denn wenn das *Destiny* offen ist, sind Männer im Haus normal.

Ich folge ihr in die große Eingangshalle, die der Blickfang der unteren Etage ist. Die hohe Decke, von der ein großer metallener Leuchter mit zwölf kerzenförmigen Lichtern hängt, wird von vier Säulen getragen. Von dem runden Saal gehen mehrere Türen ab, die in die gemütliche Bar, die verschiedenen Themenzimmer und Wellnessbereiche führen. Eine breite Treppe, deren Stufen von einem dunkelroten Teppich umhüllt sind, führt in die obere Etage, den privaten Wohnbereich zu dem nur die Familie Zugang hat.

Die Familie, das sind meine Mutter, die Mädchen, die hier leben und arbeiten, und ich. Ich - wenn sich nichts geändert hat. Denn wenn es nach meiner Mutter ginge, würde sie mich am liebsten sehr weit weg von diesem Haus wissen. Aber ich bin hier aufgewachsen und ich liebe dieses Haus und all seine Bewohner. All das hier hat mir in den letzten Jahren gefehlt: das Kichern der Mädchen, die gemeinsamen Essen an der langen Tafel im Esszimmer, bevor das Etablissement jeden Abend um 17:00 Uhr seine Türen für die männlichen Klubmitglieder öffnet.

Dieses Haus ist das wohl exklusivste Freudenhaus der Welt, denn nur Männer, die meine Mutter auf Herz und Nieren geprüft hat, haben hier Zugang. Das macht es für sehr viele Männer zum Geheimtipp und zum begehrtesten Klub Schottlands. Aber nur die wenigsten schaffen es in Mutters Karteisystem. Mutter hat ihre Gründe für dieses Vorgehen und die Mädchen sind ihr dankbar dafür. So wie ich auch. Trotz der gemischten Gefühle, die ich nach so langer Zeit außerhalb dieses Hauses noch immer habe, weiß ich, dass dies hier ein Teil von mir ist und ich bin froh, wieder zu Hause zu sein.

Ivy hüpft vor mir die Stufen nach oben und verkündet immer wieder, dass ich zurück bin. Ich schüttle lachend den Kopf. Sie war schon immer verrückt und mädchenhaft. Sie hat das sechzehnjährige Mädchen in sich nie abgelegt. Eigentlich ist das gar nicht verwunderlich, denn so versucht sie die Zeit ihres Lebens für sich zu bewahren, in der alles noch sorglos für sie war. In der sie einfach nur ein normaler Teenager war. Als ich oben ankomme, laufen mir zwei weitere Mädchen entgegen. Sie begrüßen mich genauso stürmisch wie Ivy.

»Habt ihr mir noch Kaffee übrig gelassen?«, frage ich und lasse mich von ihnen in das geräumige Esszimmer ziehen. Liv verschlingt ihre Finger mit meinen und führt mich zum Büfett, das, wie ich es gewohnt bin, noch immer gleich neben der Tür auf einem Tisch angerichtet ist.

Obwohl es schon nach 17:00 Uhr ist, ist das hier für die Bewohner des *Destiny* das Frühstück, das Mittag- und Abendessen. Natürlich können die Mädchen zwischendrin jederzeit essen. Aber das Essen, bevor das *Destiny* öffnet, ist das einzige, das alle wie eine große Familie zusammen einnehmen können.

Der Arbeitstag beginnt in der Villa um 17:00 Uhr und endet in den frühen Morgenstunden. Kaffee gibt es rund um die Uhr. Wahrscheinlich hat mich die ständige Verfügbarkeit von Kaffee zu einem Koffeinjunkie gemacht. An der Tafel in der Mitte des mit dunklen, schweren Möbeln eingerichteten Zimmers sitzen nur noch zwei weitere Mädchen. Die meiste Zeit leben hier etwa zehn Mädchen, wahrscheinlich sind sie längst in ihren Zimmern und warten auf die ersten Kunden.

Mit hochgezogenen Augenbrauen erstarre ich in der Bewegung, als mir auffällt, warum Belle so hoch über dem Tisch aufragt, obwohl sie sitzt. Sie sitzt auf dem Schoß von jemandem. Und dieser Jemand beugt sich gerade um Belle herum und mustert mich unter zusammengekniffenen Lidern als wäre ich ein Stück Sahnetorte. Belle winkt mir feixend zu und rutscht auf dem Schoß des Mannes herum, dessen Finger der einen Hand flach auf ihrem Bauch liegen. Die andere Hand liegt zwischen Belles Schenkeln und war wohl gerade auf dem Weg in ihren Hafen, bevor ich reingekommen bin.

»Seit wann dürfen Männer hier oben sein?«, flüstere ich Liv und Ivy zu.

Ivy schenkt mir Kaffee ein und hält mir eine Tasse hin. »Das ist Logan Davonport. Deine Mutter lässt ihm und seinen beiden Freunden so Einiges durchgehen. Unter anderem dürfen sie sich frei im ganzen Haus bewegen, wann immer sie wollen. Das geht jetzt seit ein paar Tagen so. Wir haben ja den Verdacht, dass da etwas läuft, wovon wir nichts wissen.«

Erstaunt sehe ich Ivy an. »Was? Ist das dein Ernst?«

Sie nickt und grinst breit, schielt zu Liv, die schluckt und ihrerseits heftig nickt und grinst. Ich kneife zweifelnd die Augen zusammen. Warum habe ich das Gefühl, dass die beiden mir nur die Hälfte erzählen? Meine Mutter würde doch nicht einfach so für einen Mann die Regeln lockern.

»Wenn du wüsstest, was der Mann für ein Feuer hat.«

Liv kichert leise und beugt sich näher zu mir. »Das wird sie nie rausfinden, dafür sorgt Adrienne schon. Aber so wie Logan dich ansieht, weiß er nichts davon. Der Mann ist wirklich unersättlich. Erst vorhin ist er zusammen mit deiner Mutter und Ivy aus ihrem Zimmer gekommen.«

Ivy kneift fest die Lippen zusammen und sieht mich ernst an. »Ja, er ist ein ganz schöner Bulle.«

Ich werfe Logan Davonport einen heimlichen Seitenblick zu. Leider starrt der mich noch immer äußerst interessiert an, so dass mein abschätzender Blick ihm nicht entgeht. Auf seine vollen Lippen tritt ein breites Grinsen. Der Mann ist unfassbar attraktiv. Nicht auf die hübsche Weise, sondern auf die sexy, wilde Weise. Die, die mich dazu bringt, über meine Lippen zu lecken. Ich habe nämlich eine Schwäche für ältere Männer. Nicht alte Männer. Nur die, die etwa zehn Jahre älter sind als ich und schon deutlich mehr Erfahrung mit sich herumtragen als die Jungs in meinem Alter. Und an diesem Prachtexemplar ist wirklich alles so, wie ich es mir in meinen Träumen gerne zurechtbastle.

Belle rutscht gerade von seinem Schoß und mir stockt der Atem, als ich ihn endlich ganz bewundern kann. Der Mann sitzt nur in eine enge Jeans gekleidet am Tisch. Das dunkle, nachtschwarze Haar fällt ihm in dicken Wellen wild um sein Gesicht. Es ist kinnlang und verleiht ihm etwas Piratenhaftes. Sein Unterkiefer ist sehr scharf geschnitten und sein Kinn ist breit und sehr männlich. So männlich wie auch sein durchtrainierter, muskelbepackter Körper.

»Wenn deine Mutter dich dabei erwischt, wie du ihn ansiehst, wird sie dich an deinen Haaren hier raus zerren und dir den Hintern versohlen«, sagt Belle und stellt sich zu uns.

Ich löse meinen Blick von Mr Davonport und verziehe spöttisch das Gesicht. »Adrienne muss lernen, dass ich jetzt erwachsen bin. Außerdem hatte sie doch auch ihren Spaß mit ihm.«

Meine Mutter steht schon seit Jahren nicht mehr für Freier zur Verfügung. Seit sie die Vierzig überschritten hat, fühlt sie sich zu alt für diesen Beruf.

Sie überlässt den Mädchen die Aufgabe, den Männern ihre Wünsche zu erfüllen. Deswegen erstaunt es mich umso mehr, dass sie für Davonport eine Ausnahme gemacht hat. Aber selbst ich werde bei dem heißblütigen Versprechen in den Augen dieses Mannes ganz kribbelig und kann mich kaum zurückhalten. Er sieht mich noch immer an und ich kann nur daran denken, mich wie eine rollige Katze an ihn zu schmiegen.

»Hatte sie, aber du wirst nicht deinen Spaß mit ihm haben, das ist unser Job«, wirft Ivy streng ein und stößt Liv in die Seite. Ich kneife misstrauisch die Augen zusammen, aber Ivys Gesicht bleibt todernst.

»Das hatte ich auch gar nicht vor. Aber Frau wird doch wohl mal einen Blick riskieren dürfen, schließlich sieht sie so ein Prachtexemplar nicht jeden Tag«, flüstere ich. »Wo ist eigentlich Susi? Ein Außentermin?« Susi ist das Mädchen, das kurz vor meiner Abreise zu uns gestoßen ist. Adrienne hat sie, im wahrsten Sinne des Wortes, aus der Gosse gezogen. Ein Freier hat Susi grün und blau geschlagen und vor einem Pub abgeladen. Die meisten Besitzer von Geschäften und Pubs, in den berüchtigten Vierteln Glasgows, kennen meine Mutter und rufen sie an, wenn sie ein Mädchen finden, dem es nicht gut geht.

Das *Destiny* ist nicht nur ein Bordell, die Mädchen arbeiten auch als Escorts. Als Escorts oder Callgirls stehen sie Männern – meist Geschäftsleuten - für private Treffen oder für Geschäftsessen zur Verfügung. Nicht selten nimmt ein Kunde sie danach mit auf sein Zimmer.

»Ja, sie ist heute draußen«, bestätigt Belle. »Ich später auch.« Sie grinst, als sie das sagt.

»Wieder dein Milliardär?«, rät Ivy.

»Mädchen, 17:00 Uhr ist schon seit fünfzehn Minuten vorbei«, gellt die dunkle, raue Stimme meiner Mutter durch das Haus.

»Die Arbeit ruft.« Ivy drückt mir einen Kuss auf die Wange und flattert hüpfend aus dem Esszimmer.

Liv stellt ihre Tasse Kaffee auf den Büfetttisch und neigt sich mir entgegen. »Jemand sollte ihm sagen, dass du nicht zum Angebot gehörst. Ich glaube, er denkt, du bist Frischfleisch.«

»Oder wir sagen gar nichts und lassen der lieben Hope etwas Spaß, bevor der Hausdrachen ihr wieder alles verdirbt«, sage ich und schiebe Liv und Belle in Richtung Tür.

Ich schenke mir noch einmal Kaffee nach und werfe einen Blick über die Schulter zurück, wo Logan Davonport sich geschmeidig wie ein Tiger von seinem Platz erhebt und auf mich zukommt.

»Wir beide hatten noch nicht das Vergnügen«, sagt er mit rauer, leiser Stimme, die wie Honig über meine Haut fließt. Ich wende mich zu ihm um und lehne mich lässig mit meinem Hintern gegen den Tisch.

»Hast du Adrienne nicht gehört? Die Schicht geht los. Bestimmt wartet schon ein Kunde auf dich. So ein hübscher Junge wie du hat doch sicherlich eine lange Vorbestellliste.«

Er bleibt etwa zwei Schritte vor mir stehen und legt mit gerunzelter Stirn den Kopf schief. »Es gibt keine Liste mit meinem Namen. Aber deine ist bestimmt ziemlich lang. Gut, dass ich hier ein paar Freiheiten genieße.«

»Da wird leider nichts draus, das Personal darf sich nicht miteinander vergnügen«, sage ich und sehe den Mann ernst an. »Das dürfen wir nur, wenn es ein Job ist. Und da deine Kundschaft wohl kaum wegen der Frauen hierher kommt, werden wir auf ein gemeinsames Spiel verzichten müssen.« Ich lege den Kopf schief, starre in seine faszinierend hellen, silberfarbenen Augen, dann lasse ich provokativ meinen Blick an seinem Körper nach unten gleiten und beiße mir dabei genussvoll auf die Unterlippe. »Eigentlich schade. Aber Regeln sind nun einmal Regeln.«

Logan beugt sich leicht nach vorne, seine Augen ruhen auf meinem Gesicht. »Vielleicht hast du mich nicht verstanden, aber ich bin Gast hier.«

»Oh«, keuche ich gespielt entrüstet. »Gäste dürfen doch nicht hier hoch. Dass du doch hier bist und - nun ja, dieser leicht tuntige Touch, den du mit dir herumträgst ... Also, ich war mir sicher, dass du schwul bist.«

Er blinzelt und weicht mit weit aufgerissenen Augen einen Schritt vor mir zurück. »Also, mir hat man schon viel nachgesagt, aber noch nie, dass ich tuntig rüberkommen würde.«

Ich zucke lässig mit den Schultern und stelle meine Tasse neben mich auf dem Tisch ab.

»Da wir das jetzt also geklärt haben ...«, knurrt Logan heiser und kommt wieder näher. Seine Finger streichen langsam an meinem Arm nach oben und lassen kleine Flammen auf meiner nackten Haut tänzeln.

Ich halte den Atem an. Ich kenne diesen Mann kaum fünf Minuten und schon ruft eine eigentlich harmlose Berührung solche Reaktionen in mir hervor. Mein Herz klopft heftig und ich bin unfähig, meinen Blick von seinem zu lösen.

Ich habe noch nie zuvor einen Mann getroffen, der so viel Arroganz, Macht und Selbstsicherheit ausstrahlt wie dieser. Und obwohl keine davon eine lobenswerte Eigenschaft ist, ziehen sie alle mich total an. Er sieht mich auf eine Art an, die so gefährlich wirkt, dass ich schaudernd denke, dieser Mann muss der Teufel persönlich sein. Und nach allem was man so hört, soll der Teufel ziemlich sexy sein. So sexy wie dieser Logan, dessen hungrige Augen auf mich gerichtet sind. »Auf was hast du Lust?«

»Hope!«, knurrt eine andere, nicht so erotische, dafür aber mächtig wütende Stimme. Erschrocken fahre ich zusammen und sehe zur Tür, in deren Rahmen meine Mutter mit vor der Brust verschränkten Armen steht und mich mit Blicken niederstreckt.

»Ich denke, ich habe wohl anderes zu tun«, flüstere ich Logan Davonport zu und schiebe mich mit einer Mischung aus Erleichterung und Enttäuschung an ihm vorbei. Meine Mutter schlingt ihre Finger um meinen Oberarm und zieht mich aus dem Esszimmer. Sie ist so wütend, dass ihre schmalen blonden Brauen sich fast über der Nasenwurzel treffen und sich tiefe Falten in ihr Gesicht graben. Meine Mutter und ich sehen uns kein bisschen ähnlich. Sie ist weißblond, mein Haar ist dunkelbraun. Ihres fällt eher leicht und dünn bis auf ihre Schultern, meins reicht mir nur bis knapp über die Schultern und ist voll und lockig. Ihre Augenbrauen sind so hell, dass man das blasse Blond nur erahnen kann. Meine sind dunkel und recht ausdrucksstark. Meine Mutter ist etwa einen halben Kopf kleiner als ich und sehr schlank. Ich dagegen bin eher weiblich mit einer Sanduhrenfigur. Nicht dass ich behaupten will, dass ich meinen Busen von meinem Vater geerbt habe, aber ich vermute, der Rest an mir stammt von ihm. Leider kann ich das nicht bestätigen, da ich nicht weiß wer mein Vater ist. Und meine Mutter hasst es, wenn ich sie auf ihn anspreche.

»Ethan, würdest du bitte Hopes Sachen wieder in ihr Auto bringen?«

Ethan, der anscheinend der neue Bodyguard im Haus ist, nickt, mustert mich kurz und fährt sich dann über das kurze hellbraune Haar.

»Du musst sie nicht ins Auto bringen, aber vielleicht bist du so nett und bringst sie in mein Zimmer? Meins ist das ganz am Ende des Ganges«, sage ich und lächle den breitschultrigen Mann an, der kaum größer ist als ich. Und für einen Mann ist das nicht wirklich groß, denn ich bringe es nur gerade so auf 170 Zentimeter, was vielleicht für eine Frau okay ist, aber für einen Mann? Auf mich wirkt er zumindest nicht halb so beeindruckend, wie Mr Davonport, der gerade im Flur hinter uns auftaucht und mir ein amüsiertes Zwinkern zuwirft.

»Bemüh dich nicht, Ethan. Ich kann das auch machen«, sagt er und ist schon auf halbem Weg zur Treppe.

»Danke, Boss«, meint Ethan und das klingt kein bisschen unterwürfig, sondern eher freundschaftlich. Verwirrt sehe ich Logan hinterher, der sich noch einmal grinsend zu mir umdreht, bevor er die Stufen nach unten geht. Ethan ist also einer von Logans Männern, die seit Neuestem im *Destiny* wohnen. Was geht hier vor sich?

»In mein Büro«, befiehlt meine Mutter jetzt und zieht wieder an meinem Arm.

»Ich freue mich auch, dich wiederzusehen«, sage ich zynisch, folge ihr aber.

Meine Mutter blickt kühl über ihre Schulter zurück und ihre dunkelgrünen Augen funkeln mich an. Ich weiß, dass dieser Blick nichts Gutes bedeutet.

Kaum hat sie mich in ihr Büro gezogen, wirft sie hinter uns auch schon die schwere Holztür zu. »Ich habe Danas Wohnung für dich herrichten lassen, du kannst sofort einziehen.« Sie geht um den schlichten weißen Schreibtisch herum, der so vor den beiden Rundbogenfenstern steht, dass Mutter hinaussehen kann. Die Bewegung der Bäume im Wind zu beobachten, hat eine beruhigende Wirkung auf sie. Nur wenn sie sich wegen mir aufregt, dann hat das nie geholfen.

Ich habe immer verstanden, dass sie sich nur um mich sorgt, aber das muss sie jetzt nicht mehr tun. Ich bin erwachsen. Müde lasse ich mich auf die burgunderrote Chaiselongue sinken, auf der ich als Kind immer geschlafen habe, während Adrienne ihren Bürokram erledigt hat und die Mädchen in ihren Zimmern das nachgeholt haben, was sie während der Nächte nicht tun konnten: schlafen. Tagsüber war es immer sehr ruhig in diesem riesigen Haus gewesen. Wahrscheinlich hat sich bis heute nichts daran geändert.

Als Kind hatte ich keine Ahnung von dem, was in der unteren Etage passiert. Ich durfte nie dorthin. Alles, was ich wusste, war, dass jeden Abend einige Autos vor dem Haus parkten, aus denen Männer stiegen und dann hörte ich Stimmen und Gelächter von unten bis hoch in mein Zimmer, wo Tante Dana - Mutters beste Freundin aus Kindertagen - auf mich aufpasste, mir vorlas und mich ins Bett brachte.

»Ich will nicht in Danas Wohnung, das weißt du. Ich will hier wohnen. Das habe ich immer und es war nie ein Problem.«

»Du hast auch nie gegen die Regeln verstoßen«, sagt sie trocken und sieht mich mit der Gewissheit an, dass ich mich ihr nicht widersetzen kann. Doch das werde ich. Mir ist egal, wie sehr sie mich hier raus haben will. Dies ist mein Zuhause. Sie hat ihren Willen bekommen, als sie mich auf eine Universität in London geschickt hat, damit ich mir anschauen kann, wie ein Leben außerhalb dieser Wände sein könnte. Dieses Mal aber werde ich nicht nachgeben.

»Ich habe auch heute nicht gegen die Regeln verstoßen.«

»Du hast mit einem Freier geflirtet«, wirft sie mir vor.

Ich schnaube, reibe mir mit den Fingerspitzen die Schläfen und sehe sie trotzig an. »Ich habe nicht geflirtet, er hat geflirtet. Und das war nicht mein Fehler, sondern deiner. Du hast ihm erlaubt, sich hier oben aufzuhalten. Und wir wissen beide, dass er mehr als ein Freier ist. Was ist hier los?«

Meine Mutter blinzelt nervös und wischt mit ihren Händen über das mitternachtsblaue lange Kleid, das ihr Kompromiss an die Männer ist, die mit bestimmten Erwartungen hierher kommen. Viel lieber würde sie in einem bis zum Hals zugeknöpften Anzug herumlaufen. Der würde aber nicht zu dem passen, für das das *Destiny* steht.

»Für dich gilt diese Regel wohl auch nicht mehr«, werfe ich ein. Nicht, weil ich verärgert wäre. Aber ich bin neugierig, warum sie gerade für Logan eine Ausnahme gemacht hat. Was ist so besonders an diesem Mann, dass meine Mutter ihm nicht widerstehen kann? Sogar mit ihm schläft. Zusammen mit einem ihrer Mädchen. Und warum ist er noch hier?

Adrienne schüttelt den Kopf und weicht meinem Blick aus. »Du wirst ihm aus dem Weg gehen. Dieser Mann ist gefährlich und er spielt nicht nur.«

Genervt verdrehe ich die Augen. »Ich hatte nicht vor, mit ihm zu schlafen. Und ich werde hier bleiben. Wenn du nicht willst, dass er mit mir flirtet, dann sorge dafür, dass er unten bleibt.«

»Das geht nicht. Ihm gehört die Security Firma, die jetzt für uns arbeitet.«

Ich reiße erstaunt die Augen auf. »Dann ist er gar nicht wirklich ein Freier? Seit wann lässt du zu, dass die Mädchen mit den Bodyguards schlafen?«

Sie lässt die Schultern sinken und spielt nervös mit einem Stift. »Er ist auch Klubmitglied. Wir hatten ein paar Probleme in den letzten Wochen, also hat er angeboten, seine Männer hier zu postieren.«

Und warum wissen die Mädchen nicht, weswegen die Männer hier wohnen?«

»Ich will sie nicht beunruhigen. Die Sache betrifft nur mich.«

Kopfschüttelnd stehe ich auf. Ich bin erschöpft und müde von der Fahrt. Außerdem verstehe ich jetzt noch weniger, wie es dazu gekommen ist, dass meine Mutter mit einem Geschäftspartner und Kunden geschlafen hat. Vielleicht verstehe ich es ein bisschen, wenn ich daran denke, wie verstörend und anziehend zugleich dieser Mann selbst auf mich gewirkt hat. Aber Adrienne hat recht, er ist und bleibt ein Kunde und ist daher nicht von Interesse für mich. Weil ich absolut nicht in Erwägung ziehe, meiner Mutter den Gefallen zu tun, ihr etwas zu geben, das ihr die Chance ermöglicht, mich vor die Tür zu setzen.

»Ich halte mich von ihm fern, aber ich bleibe.«

»Das habe ich mir schon gedacht. Dein Zimmer ist hergerichtet.«

2. Kapitel

Ich sitze am Schreibtisch und starre auf die leere weiße Seite eines Notizbuchs, als Ethan den letzten Karton aus meinem Auto in mein Zimmer stellt. »Danke«, sage ich flüchtig lächelnd zu dem Bodyguard. Er kommt ein Stück näher und schaut über meine Schulter auf die leere Seite.

»Was machst du da?«, will er grinsend wissen.

Ich seufze. »Notizen zu einem Manuskript?« Ein ehemaliger Schulkamerad hat vor ein paar Tagen Kontakt zu mit aufgenommen, um mir sein Manuskript vorzustellen. Es ist sein erstes Buch und er will meine Meinung dazu, aber ich bin mir noch unschlüssig. Das Genre ist einfach nicht meins; zu brutal, zu blutig, zu grausam. Ich bin nicht sicher, ob ich objektiv genug an ein solches Manuskript herangehen kann. Aber ich versuche es.«

Er zieht einen Mundwinkel hoch und in seinen hellblauen Augen funkelt es belustigt. »Und es ist so gut oder so schlecht, dass dir nichts dazu einfällt? Oder ist es dein Eigenes? Über dein Leben als leichtes Mädchen in der gehobenen Gesellschaft Glasgows?«

Ich lache laut auf und schüttle dann den Kopf. Mit meinem Finger deute ich Ethan, sich zu mir herunterzubeugen. »Ich verrate dir ein Geheimnis.« Grinsend lege ich meine Hände um eins seiner Ohren und flüstere: »Ich bin gar kein Callgirl, nur Adriennes auf eine Uni verstoßene Tochter, die zufällig auch in diesem Haus lebt.«

Ethan richtet sich lachend wieder auf. »Ich hoffe, du hast nichts dagegen, dass ich Logan nicht darüber aufkläre. Könnte lustig werden.«

»Ganz wie du meinst«, sage ich und überlege, was das zu bedeuten hat. Ethan hebt die Hand zum Abschied und verlässt breit grinsend mein Zimmer. Ich wende mich wieder dem leeren Notizbuch zu und kneife die Lippen zusammen. Und anstatt mich auf mein Gutachten zu konzentrieren, kann ich nur an diese silbernen Augen denken. Das Gefühl auf meiner Haut, als Logan mich gestreichelt hat, und den Rhythmus meines Herzens, als er mir so nahe war. Und die ganze Zeit weiß ich, dass er sich im selben Haus befindet wie ich. Das macht es noch schlimmer.

Wütend schiebe ich mein Notizbuch von mir weg, stehe von meinem Stuhl auf und ziehe die Vorhänge vor die Fenster. Zuvor werfe ich einen flüchtigen Blick durch die Scheiben nach unten, wo sieben teure Nobelschlitten warten, während ihre Besitzer sich direkt unter meinen Füßen mit meinen Freundinnen amüsieren. Als Kind habe ich mir vorgestellt, dass all diese Männer hierher kommen, weil meine Mutter weiß, wie man tolle Feste ausrichtet. Ich war zwölf, als mir klar wurde, was diese Männer hier wirklich suchen: Spaß, Befriedigung und manchmal auch nur etwas Wärme und Nähe. Weswegen war wohl Logan Davonport hier Mitglied?

Als ich am nächsten Morgen aufstehe, sind nur das Küchen- und Reinigungspersonal schon fleißig. Die Mädchen erholen sich noch immer von einer langen Nacht mit einer rauschenden Party und allem, was eben sonst noch so in einem Haus wie diesem nachts passiert.

Das Frühstück der Angestellten habe ich schon verpasst, aber eine Tasse Kaffee findet sich natürlich immer. Ich setze mich an die lange Tafel und gähne müde. Heute ist mein erster Arbeitstag als Lektorin in einem mittelgroßen Verlag. Meine Bewerbung habe ich schon von London aus eingereicht und dank einiger Referenzen wurde ich auch sofort eingestellt. Trotzdem bin ich unsicher und habe irgendwie das Gefühl, dass ich für die Arbeit in einem Verlag noch nicht genug Erfahrung habe. Ich puste vorsichtig in die Tasse, der aromatische Duft steigt mir in die Nase und ich seufze genüsslich. *Entspann dich*, sage ich mir selbst. *Du schaffst das.* Natürlich werde ich das.

»Ich habe dich letzte Nacht vermisst.« Eine tiefe, dunkle Stimme lässt mich zusammenfahren. Ich brauche nicht aufsehen, ich weiß auch so, dass sie Logan Davonport gehört.

»Hatte Urlaub«, sage ich und nippe an meinem Kaffee. »Und du bist viel zu früh wach für jemanden mit deinem Job. Haben dich die älteren Herren nicht genug gefordert?« Warum spiele ich dieses Spiel weiter? Weil es mich zu sehr reizt, dass dieser Mann mit mir flirtet. Es fühlt sich gefährlich an. Und es ist verboten. Weiß er noch immer nicht, wer ich bin?

Er kommt auf mich zu, zieht sich einen Stuhl zurück und setzt sich so nahe neben mich, dass seine Knie meinen Oberschenkel berühren. Automatisch schiele ich vorsichtig nach unten, wo der Saum meines Rockes nicht einmal mehr meine Knie bedeckt. Ich überlege, mein Bein wegzuziehen, entscheide mich dann aber dagegen. Nicht, weil mich seine Berührung beängstigt. Sondern, weil ich ihm nicht zeigen will, dass ich es überhaupt bemerkt habe.

»Vielmehr haben die Mädchen es nicht geschafft, mich restlos zu befriedigen.« Er streicht mit einem Finger zärtlich über mein Knie und ich unterdrücke mit aller Kraft den Schauer, der sich durch meinen Körper arbeiten will. »Dabei bezahle ich ziemlich viel Geld dafür, dass ich hier bekomme, was ich möchte.«

Ich schnappe gespielt erstaunt nach Luft. »Mr Davonport, ich bin entrüstet. Sie wollen doch wohl nicht behaupten, dass sie in diesem Haus nicht rundum glücklich gemacht werden?«

Er beugt sich näher zu mir und sieht mir tief in die Augen. Er riecht frisch geduscht. Sein Haar ist auch noch feucht und liegt streng an seinem Kopf an. Er muss also bei einem der Mädchen übernachtet haben. Plötzlich frage ich mich, bei welchem und ob vielleicht noch mehr Mädchen neben ihm eingeschlafen sind. Dass er am Morgen noch immer hier ist, bestätigt nur wieder, dass er besondere Rechte genießt. Auch die Bodyguards durften bisher nie im *Destiny* übernachten.

»Ich wäre rundum glücklich, wenn wir beide runtergehen könnten in eins der Zimmer. In meinem

Kopf spielen sich gerade ein paar interessante Szenen ab. Da gibt es Handschellen, verbundene Augen ...«

Ich hebe die Hand und winke ab. »So verlockend das auch klingt, aber ich habe andere Pläne. Und überhaupt, ich suche mir die Männer, mit denen ich »Blinde Kuh« spiele selbst aus. Und du bist nicht das, was mir für solche Spiele vorschwebt.« Mit zusammengekniffenen Lippen schnaube ich abfällig und schiebe meinen Stuhl zurück, um aufzustehen. Doch Logan hindert mich daran, seiner Nähe und diesem rauen Duft nach Mann zu entkommen, der ihm trotz der Dusche, die er eben gehabt haben musste, noch immer umgibt.

»Ich weiß nicht, warum du glaubst, du könntest mir entkommen, aber das wirst du nicht. Ich werde dich nicht zwingen. Ich zwinge nie eine Frau, sie kommen alle freiwillig zu mir. Aber ich werde dich haben, schon bald.«

»Du zwingst also nie eine Frau?«, frage ich zornig. Dieser Mann ist Stammkunde in einem Freudenhaus. Die Mädchen, die hier für meine Mutter arbeiten, tun das jetzt vielleicht freiwillig. Sie könnten jederzeit gehen, weil sie hier genug Geld verdienen, um außerhalb dieser Mauern ein zufriedenes Leben führen zu können. Aber bevor sie hierher kamen, waren sie alle auf irgendeine Weise *gezwungen*, mit Männern zu schlafen. Und oft genug sind sie dabei an die miesesten Typen geraten, die man sich vorstellen kann.

»Mit wie vielen professionellen Mädchen hast du schon geschlafen? Nicht hier. Da draußen. Dort, wo sie diesen Job tun müssen, weil man sie dazu treibt, weil sie anders nicht überleben können, weil das Schicksal es einfach nicht gut mit ihnen meint?«

Logan Davonport lässt meinen Stuhl los und geht mit grimmiger Miene auf Abstand. »Ich nutze solche Frauen nicht aus. Die Frauen, zu denen ich gehe, machen ihren Job gerne.« Er steht auf, sieht mich noch einen Moment abschätzend an, dann verlässt er den Raum und ich atme erleichtert auf. Was ich gesagt habe, hat ihn sichtlich wütend gemacht. Er wirkte sogar verletzt, weil ich angenommen hatte, er würde Frauen für sein Vergnügen benutzen, die dazu gezwungen waren, ihren Körper zu verkaufen.

Wahrscheinlich wäre auch ich wütend gewesen, unbeabsichtigt habe ich ihm Vergewaltigung unterstellt. Denn nichts anderes war es, wenn Frauen mit Gewalt dazu gebracht wurden, ihren Körper zu verkaufen. So wie es meine Mutter und Dana erlebt haben. Ich muss ein paar Mal tief durchatmen, bevor ich mich wieder bewegen kann. Ich kann nicht einmal sagen, weswegen genau ich so angespannt bin: War es Logans Reaktion auf meinen Vorwurf, seine Nähe oder die Tatsache, dass ich schon viel zu lange keinen Sex mehr hatte und ich seit unserem ersten Zusammentreffen ständig daran denken muss, wie es sich anfühlen würde, Logan Davonports Hände auf meinem Körper zu spüren? Meine Hände zittern und ich muss sie ein paar Mal zur Faust ballen und wieder öffnen, bevor ich nach meiner Handtasche greifen kann.

»Ganz ruhig, Hope«, befehle ich mir. Dieser Kerl ist vielleicht ein Prachtstück von einem Mann, wahrscheinlich geschaffen vom Teufel höchstpersönlich, um uns Frauen zu verführen und zu Sünderinnen zu machen, aber ich werde schön meine Finger von ihm lassen und dem Teufel nicht den Gefallen tun, aus mir ein böses Mädchen zu machen. Ich werde diesen Mann nicht einmal mehr ansehen, geschweige denn in seine Nähe kommen. Nur ein Fehler und Adrienne wirft mich aus diesem Haus und verdammt mich dazu, in ewiger Einsamkeit in Tante Danas Eigentumswohnung zu leben. Meine Zeit weit weg von meinen Freundinnen ist für mich vorbei. Jetzt bin ich wieder hier und das will ich auch bleiben.

Mit großen, möglichst selbstsicheren Schritten verlasse ich das Esszimmer, auf keinen Fall soll Logan auch nur ahnen, wie zerrissen ich mich fühle. Aber nur Ethan steht im Gang, die Arme vor der breiten Brust verschränkt. Ich sehe über das Geländer in die Halle, auch dort steht ein Mann unten direkt vor der Treppe. Er blickt unbewegt auf die Ausgangstür. Von hier oben kann ich nur sehen, dass er enorm breite Schultern und Oberarme hat. Und sein Haar ist so kurz geschoren, dass ich nicht einmal sagen könnte, welche Farbe es hat. »Noch einer von euch?«, flüstere ich Ethan zu.

»Das ist Dimitri«, bestätigt er.

Ich schüttle den Kopf. »Wenn ich von der Arbeit zurück bin, musst du mir erklären, was hier passiert ist.« Wahrscheinlich hätte ich das gestern schon fragen sollen, aber da hatte ich andere Dinge im Kopf. Und so ungewöhnlich sind Beschützer im Haus eigentlich nicht. Wir hatten immer welche hier. Nur nie so viele auf einmal. Und zählt man Logan mit dazu, befinden sich derzeit drei Männer im Haus. Andererseits ist Logan auch ein Freier ... »Schläfst du eigentlich auch mit den Mädchen?«

Ethan sieht mich mit hochgezogenen Augenbrauen an, dann setzt er ein schiefes Grinsen auf. »Ich bin Single, lebe zurzeit hier, umgeben von einer Menge hübscher, halbnackter Mädchen. Ich wäre kein Mann, wenn ich dazu nein sagen würde, also ja.«

Ich verdrehe seufzend die Augen. Was hat sich hier noch geändert? Meine Mutter will mich raus haben, mehr als jemals zuvor. Aber Männer wohnen jetzt in diesem Haus. Ich sollte unbedingt herausfinden, was hier läuft. Aber nicht jetzt. Ich kann unmöglich schon am ersten Arbeitstag zu spät kommen.

Als ich unten an Dimitri vorbeikomme, grüße ich ihn, bleibe sogar kurz vor ihm stehen, um ihn genauer zu mustern. Was absolut erwähnt werden sollte, ist, dass der Mann sich nicht bewegt. Sein Blick ist wie der einer Statue geradeaus gerichtet. Er zwinkert nicht einmal. Er ist wie einer dieser Gardesoldaten vor dem Buckingham Palast. Um diese Theorie zu prüfen, schnipse ich mit den Fingern vor seinem Gesicht. Jeder Mensch, einschließlich mir, hätte zumindest ein Grinsen unterdrücken müssen, nicht so dieser Mann mit dem kantigen Gesicht und den hohen scharf geschnittenen Wangenknochen, die seine russische Herkunft verraten.

»Das ist Jenny, Ihre Assistentin«, stellt Richard, mein neuer Chef, mir eine Frau vor, die etwa in meinem Alter sein dürfte. Die junge Frau mit dem mitternachtsschwarz gefärbten Haar, in dem sich lilafarbene und grüne Strähnen befinden, strahlt mich so glücklich an, als wäre ich eine alte Bekannte, die sie schon viel zu lange nicht mehr gesehen hat. Ihre beiden Seitenzöpfe hüpfen aufgeregt auf und ab, als sie überschwänglich nickt und mir ihre Hand reicht.

»Hallo, nenn mich Jen. Ich warte schon ganz ungeduldig auf dich«, sagt sie freundschaftlich. Ich mag sie sofort. Sie erinnert mich ein wenig an Mary, meine Mitbewohnerin in London. Wir haben uns gut verstanden. Ich würde sagen, sie war für mich das, was einer Freundin nahe kommt. Ich nehme Jens Hand und schüttle sie. Ihre Finger sind lang und feingliedrig, umso weniger passt der schwarze Nagellack zu ihnen.

»Ich bin Hope, und ich freue mich schon, dich besser kennenzulernen«, sage ich und gebe mir Mühe, nicht zu künstlich und übertrieben zu klingen. Ich will nicht schon in den ersten Sekunden einen schlechten Eindruck bei ihr erwecken, indem sie vielleicht das Gefühl bekommt, meine Freundlichkeit wäre nur gespielt. Es kann eine neue Arbeit nur besser machen, wenn man sich gut versteht.

»Am besten ist, Sie lassen sich Ihr Büro von Jenny zeigen«, schlägt Richard geradezu erleichtert vor. Er scheint kein Mann der vielen Worte zu sein, was eigentlich widersprüchlich ist, da Bücher die meiste Zeit aus vielen Worten bestehen. Trotzdem scheint er geradezu hocherfreut zu sein, mich nicht länger herumführen zu müssen. Er nickt Jen und mir noch einmal zu, dann verlässt er das Büro zufrieden. Jen steht mit strahlendem Gesicht auf und geht auf eine weitere Tür zu.

»Dann wollen wir mal.« Sie steht hinter ihrem Schreibtisch auf und öffnet die Tür in dem Moment, in dem ich feststelle, dass das feine Kostüm, das sie trägt, überhaupt nicht zum Rest ihrer Erscheinung passt. Wahrscheinlich trägt sie es nur, um zumindest ein wenig auszusehen, wie es von einer Assistentin erwartet wird. Ob ich ihr sagen soll, dass es mich auch nicht stören würde, wenn sie in löchrigen Jeans ins Büro käme? Aber vielleicht würde es Richard stören, deswegen wische ich meine Gedanken beiseite und konzentriere mich wieder auf die wirklich wichtigen Dinge, nämlich mein neues Büro.

Es ist klein und nicht anders, als ich es erwartet habe; gemütlich, hell durch die schlichten weißen Möbel und das große Fenster mit Blick auf den Maryhillpark vor dem Verlagshaus. Es gibt einen Schreibtisch, zwei Bücherregale, ein kleines gemütliches Sofa mit einem niedrigen Tisch davor. An den Wänden hängen ein paar Werbeposter von Büchern, die im Verlag veröffentlicht wurden. Zwei der Bücher habe ich schon gelesen, um mir ein besseres Bild von der Arbeit des Verlags machen zu können. Ein anderes kannte ich schon vorher. Ich gehe zu den Regalen hinüber und sehe mir die Buchrücken an. Das Programm des Verlags ist weit gefächert und reicht von Liebesromanen, über Krimi und Thriller bis hin zu Biografien berühmter Persönlichkeiten. Letzteres wird hauptsächlich mein Gebiet sein.

Jen lässt sich auf das Sofa fallen und legt ihre Füße übereinander. »Und? Gefällt es dir?«

»Ja, es ist toll.«

»Mir auch«, sagt sie. »Also sei vorgewarnt, ich werde ganz oft mit Kaffee zu dir kommen und dann werden wir hier sitzen und über alles Mögliche reden, nur nicht über Bücher.« Sie grinst mich breit an. Ich bin mir sicher, sie hat nicht die Arbeit oder mein Büro gemeint, als sie fragte, ob es mir gefällt.

»Du meinst also, wir werden möglichst wenig arbeiten, dafür aber viel tratschen?«, frage ich.

»Genau das werden wir tun. Sobald wir den riesigen Berg abgearbeitet haben, der liegengeblieben ist, seit Cora gegangen ist.«

Ich setze mich auf den Schreibtisch und sehe Jen fragend an. »Meine Vorgängerin?«

Jen nickt und wirkt plötzlich etwas bedrückt. »Sie ist krank geworden, Krebs.«

Ich schlucke heftig. Ich möchte nicht daran denken, dass ich diese Stelle wohl nur deswegen bekommen habe, weil sie schnell Ersatz brauchten, aber das wird wohl der Grund sein. Viel lieber wäre ich mit dem Wissen eingestellt worden, dass ich gut genug für diesen Job bin. Ein bisschen nagt auch das schlechte Gewissen an mir, ich will niemanden diese Arbeit wegnehmen. Bestimmt liegen ihr einige Projekte sehr am Herzen. Zu wissen, dass meine Vorgängerin einfach so aus etwas, das ihr vielleicht sehr wichtig war, herausgerissen wurde, fühlt sich merkwürdig an. Wie ein dumpfes Drücken in meiner Brust. »Das tut mir leid.«

»Sie hat gute Chancen, dass sie geheilt wird. Aber die Therapie und so ... Sie will dann erst einmal zu Hause bleiben.«

»Das verstehe ich«, sage ich, rutsche von der Schreibtischplatte und sehe mich verlegen auf dem Schreibtisch um, auf dem sich einige Mappen stapeln. »Und die sind also der Grund, weshalb du mich so sehr erwartet hast?«

»Richtig, das sind die derzeit offenen Projekte.« Sie steht auf und kommt zu mir herüber, um eine Mappe aus dem Stapel zu ziehen. »Und das hier ist ganz besonders wichtig. Eine Biografie, die längst fertig lektoriert und druckreif sein sollte. Leider ist der Autor kürzlich ... gestorben und hat die Fertigstellung testamentarisch seinem Sohn auferlegt. Und der scheint völlig anderer Meinung über das Leben seines Vaters zu sein als sein Vater selbst.«

Verwundert ziehe ich eine Augenbraue hoch und schlage das Deckblatt des Hefters auf, den Jen mir gegeben hat, nachdem sie ihn aus der Mappe gezogen hatte. Ich werfe einen erstaunten Blick auf die ersten Zeilen des Exposés.

»Charly Walker?« Charly Walker ist wirklich erst vor wenigen Monaten von uns gegangen und er war einer der größten Rockstars der achtziger Jahre. Er war Frontmann der Band *Yggdrasil*, die bekannt dafür war, ihre Konzerte gerne auch mal von der Bühne kotzend zu geben. Dass ein Verlag diese Biografie gerne auf dem Markt haben würde, kann ich gut verstehen. Die könnte sich als richtig gutes Geschäft erweisen, immerhin hat die Band nie Interviews gegeben und keinerlei Presse in ihrer Nähe geduldet.

Diese Biografie könnte wichtig für den Verlag und seine Entwicklung sein. Denn so unberechenbar, gefährlich und durchgedreht die Mitglieder der Band auch waren, ihre Musik hat Millionen Menschen begeistert. Das tut sie noch immer. Noch mehr, seit Charly Walker sich auf seinem Anwesen erschossen hat.

Neugierig blättere ich durch das Exposé. Ich muss gestehen, ich bin sogar etwas aufgeregt. Die Musik der Band hat auch mich berührt: dunkle Texte, jedes Lied eine Erinnerung an eine unglückliche Seele. Das war es, was *Yggdrasils* Musik so besonders gemacht hat. Jedes einzelne Werk hat die Geschichte eines Menschen erzählt, der etwas Schlimmes erlebt hat. Der zu früh gegangen ist, freiwillig oder unfreiwillig. Als man Charly Walker vor fünf Monaten in seinem Haus gefunden hat, war es, als hätte die Welt für einen Augenblick die Luft angehalten. Bis sie dann verstanden hat, dass sein letztes Werk, zum Zeitpunkt seines Todes auf Platz 1 der britischen Charts, nicht das Leben und den Tod von *Nirvana*-Frontmann Kurt Cobain, sondern seinen eigenen Tod beschrieben hat. Seither hält sich der Titel wacker in den Charts.

»Genial, oder?« Jen hüpft herum und reibt sich die Hände. »Kannst du dir vorstellen? Er war hier, persönlich. Und er war so nett und toll und sexy …«, schwärmt Jen und legt verträumt den Kopf schief. Charly Walker war eigentlich sogar alles andere als sexy. Er hatte Halbglatze, langes strähnig graues Haar, und seinem eingefallenen faltigen Gesicht hatte man jedes einzelne seiner Rockstar- und Drogenjahre ansehen können. Am Anfang seiner Karriere, da war er nicht gut aussehend, aber sexy. Aber eine Gitarre macht irgendwie aus jedem Mann einen Frauentraum. Bis zu einem bestimmten Punkt und den hatte Charly in den letzten Jahren nicht mehr erreichen können. Nun ja, und während eines Konzertes in die Menge kotzen und urinieren, nimmt einem auch Sexy-Punkte. Ich rümpfe die Nase.

»Glaubst du, er hat seinen Selbstmord die ganze Zeit geplant?«, überlege ich und kann den Blick nicht von der Zusammenfassung der Biografie reißen. »Er schreibt diesen Song, diese Biografie und das alles als Vorbereitung auf seinen Tod?«

»Ich bin mir sicher«, sagt Jen. »Kein einziges Mitglied von *Yggdrasil* hat je etwas über sein Leben an die Öffentlichkeit weitergegeben. Und eines Tages kommt Charly hier reinspaziert und verkündet, dass er uns alles geben will: über sein Leben, seine Ehe, jedes Geheimnis über die Band und sogar über das Ende der Band. Als er das damals gesagt hat, sind wir von einer Trennung der Band ausgegangen.« Jen beißt sich auf die Unterlippe und sieht mich ernst an. »Wir hatten keine Ahnung, dass er eigentlich von seinem Tod gesprochen hat.«

Ich atme heftig zitternd ein und klappe den Hefter zu, um ihn beiseite zu legen. »Und ihr habt nichts davon an die Presse gegeben«, stelle ich fest. Der Medienaufschrei wird riesig sein, wenn das alles bekannt wird.

»Nein, das war seine Bedingung, nichts aus der Biografie darf an die Öffentlichkeit, bevor das Buch veröffentlicht ist.«

Ich lehne mich gegen den Schreibtisch und kann nicht fassen, wie wichtig dieses Projekt ist. Und ich soll ein Teil von alldem sein. Gerade fühle ich mich, als würde die Last eines Hochhauses auf meine Schultern drücken. »Wie weit sind wir damit?«

»Noch ein paar Änderungen. Derzeit hält der Sohn uns auf. Laut Testament soll er dafür sorgen, dass die Biografie beendet wird. Er soll also die letzten Seiten füllen, so hat Charly es gewollt.«

»Der Sohn soll den Tod seines Vaters beschreiben?«

»Und was danach passiert ist, ja.«

»Ist das nicht etwas viel verlangt von einem Sohn?«

»Glaub mir, damit hat er kein Problem, aber damit, wie seine Mutter in dem Buch wegkommt. Der Umgang mit ihm ist nicht gerade einfach.«

»Ich nehme das Manuskript heute Abend mit und sehe es durch. Würdest du einen Termin mit dem Sohn ausmachen?«

Jen grinst breit und ihre Augen funkeln. »Zu schade, dass ich wohl nicht dabei sein werde.«

»Warum?«, frage ich verwundert.

»Er kommt nicht gerne zu uns. Du wirst wohl in seine Firma müssen.«

»Kommt gar nicht infrage«, werfe ich mit zusammengekniffenen Augen ein. Ich habe etwas dagegen, wenn man mir vorschreibt, was ich zu tun und zu lassen habe. Und ein Manuskript in irgendeiner Firma zu besprechen, ist etwas, das ich nicht will. »Bestell ihm, dass er entweder herkommt, oder ich das Manuskript so wie es ist veröffentliche. Das Ende kann ich dank unzähliger Presseberichte auch ohne ihn schreiben.«

Jen kichert leise. »Wird gemacht, Chefin.«

3. Kapitel

Fünf Minuten vor der offiziellen Öffnungszeit betrete ich mit meinen Hausaufgaben unter dem Arm das *Destiny* durch die Hintertür. Ich habe beschlossen, meiner Mutter so wenig wie möglich aufzufallen, dann hat sie keinen Grund, mich immer wieder darauf anzusprechen, in Danas Wohnung zu ziehen. Ich benutze die ehemals als Dienstbotenaufgang verwendete schmale Treppe, die direkt aus der Küche in das Esszimmer führt. Schon auf den unteren Stufen höre ich Logans dunkle Stimme. Ich halte inne und lausche seinen Worten. Das Kribbeln, das seine Stimme tief in mir auslöst, ignoriere ich.

»Wir sind hier, um euch zu beschützen. Das können wir nicht, wenn ihr nicht macht, was wir von euch verlangen.« Spätestens nachdem ich seine ersten Worte mitbekommen habe, ist dieses wohlige Gefühl, das seine Stimme in mir auslöst, verschwunden und ich bin einfach nur noch entrüstet darüber, wie er mit meinen Freundinnen spricht. In diesem Haus werden Frauen nicht von Männern herumkommandiert.

Ich runzle die Stirn. Er klingt ziemlich aufgebracht. Und dass er meine Freundinnen so anfährt, macht mich wiederum wütend. Schnaubend steige ich die Stufen nach oben und lausche weiter Logans Rede.

»Niemand - und wenn ich das sage, dann meine ich das auch - verlässt dieses Haus alleine.« Bei seinem letzten Wort stehe ich im Esszimmer, wo die Mädchen um den Tisch herum sitzen, Logan an einer der Stirnseiten steht, die Fäuste schwer auf die Tischplatte gestützt, und seine Männer, im Raum verteilt sind. Als Logan mich bemerkt, sieht er kurz zu mir auf, runzelt widerwillig die Stirn und fährt dann mit seiner Ansprache fort. »Das gilt auch für den Park.«

Da er mich nicht für voll nimmt, gehe ich davon aus, dass diese neuen Regeln nicht für mich gelten, ich schnaube also laut und vernehmlich, gehe am Tisch vorbei und zögere im Türrahmen. »Mädels, 17:00 Uhr«, sage ich möglichst beiläufig genau in dem Moment, in dem auch die Stimme meiner Mutter den Flur herunter dringt. »Seit wann haben Männer in diesem Haus das Sagen?«, füge ich an und zwinkere meinen Freundinnen zu. Ivy winkt mir kichernd zu.

Ganz die Barbie, die sie schon immer war, hüpft sie dabei auf ihrem Platz herum. Ohne irgendeine Reaktion von Logan abzuwarten, gehe ich weiter. Hinter mir höre ich die Mädchen lachen und ein dunkles Knurren, das sich unter das Gelächter mischt. Ich rate nur zum Spaß, streiche Dimitri, Ethan und den mir noch unbekannten Wesley Snipes-Verschnitt von der Liste und tippe auf Logan Davonport. Unbeirrt betrete ich mein Zimmer und schließe die Tür hinter mir.

Mit einem zufriedenen Grinsen lasse ich meine Tasche und das Manuskript auf meinen Schreibtisch fallen. Ich sehe seufzend zum Fenster hinaus auf den Park. Eine schwarze Limousine kommt langsam die Einfahrt hoch. Obwohl es draußen noch taghell ist, sind die Lichterketten in den Bäumen schon an. In der Dunkelheit, wenn nur diese Lichter den Park erleuchten, dann wirkt alles himmlisch romantisch. Ich habe diesen Anblick immer geliebt. Als Kind habe ich mich nachts heimlich die Dienstbotentreppe nach unten geschlichen und mich mit Mr Toast, das war mein kleiner grüner Plüschteddy, unter einen Baum gesetzt und beobachtet, wie der Wind die Blätter des Baumes über mir vor die kleinen Glühbirnen geschoben und sie dann wieder freigegeben hat. Das sah aus als würden die Lichter blinken und tanzen. Manchmal haben Mutter oder Dana mich erst spät in der Nacht entdeckt und zurück in mein Bett getragen.

Ich wende mich meinem Schrank zu, um mir einen wärmeren Pulli überzuziehen. Schlüpfe aus der zerknitterten Bluse und öffne die Schranktür. Ich lasse fast den Kleiderbügel fallen, den ich in der Hand halte, als rechts von mir plötzlich die Zimmertür aufgerissen wird und ein vor Wut schäumender Logan Davonport in mein Zimmer platzt. Ich hänge den Kleiderbügel zurück in den Schrank und verschränke die Arme vor der Brust.

»Was zur Hölle sollte das eben?«, knurrt er gefährlich leise. Seine hellen Augen wirken dunkler, wenn er so wütend ist. Er sieht mich abwartend an, dann bemerkt er, dass ich nur in Rock und BH vor ihm stehe. Ich stemme die Hände in die Seiten und ziehe eine Augenbraue hoch.

»Was war was?«

»Du weißt genau, wovon ich rede. Ich versuche hier euer aller Ärsche zu schützen.« Sein Blick rutscht von meinem Gesicht und bleibt auf meinem apricotfarbenen BH hängen. Sein Adamsapfel hüpft, als er schluckt. Ich verschränke die Arme wieder vor der Brust und schaue ihn zornig an, aber nur, um zu überspielen, dass seine Musterung meiner Brüste - mit deren Größe ich übrigens sehr im Einklang bin, um nicht zu sagen, sie sind der Teil meines Körpers, den ich absolut perfekt finde - mir ein heißes Kribbeln im ganzen Körper verursacht. Er blinzelt, als ich mich räuspere und seine Aufmerksamkeit wieder auf mein Gesicht lenke.

»Vielleicht wäre es dann hilfreich, wenn man mich mal aufklären würde. Meinen Informationen zufolge hat, was auch immer hier im Gang ist, nur mit Adrienne zu tun. Warum dann jetzt plötzlich neue Regeln für die Mädchen?« Ich trete einen Schritt auf ihn zu. Mir gefällt, dass ein wenig nackte Haut von mir es schafft, seine Wut verrauchen zu lassen und ihn in etwas zu verwandeln, dass einem Hundewelpen gleichkommt.

Es tut meinem Selbstbewusstsein unglaublich gut, dass ein Mann wie Logan, der wild, maskulin und auch ein bisschen furchteinflößend ist, nur durch meinen Anblick, seine Konzentration verliert. Sein linkes Augenlid zuckt und er wirkt sichtlich nervös. Sein Blick verirrt sich noch einmal flüchtig auf mein Dekolleté, als ich noch einen Schritt auf ihn zugehe. Ich weiß nicht, was dieser Mann an sich hat, aber wenn er in meiner Nähe ist, kann ich nur daran denken, ihn zu erlegen. Obwohl ich so nicht bin. Und gerade bei ihm sollte ich so nicht sein. Nicht nur, weil er ein Freier ist oder ein Angestellter des Klubs - wie man es nehmen will -, sondern auch, weil er Sex mit meiner Mutter und mit wer weiß wie vielen meiner Freundinnen hatte. Auch, wenn alles rein geschäftlich war. Und ich darf nicht vergessen, was passiert, wenn ich ihn wirklich erlege. Dann muss ich mein Zuhause verlassen, keine Macht der Welt kann meine Mutter dann noch davon abbringen, mich hier rauszuwerfen. Ich bleibe stehen, nehme mir einen Pullover aus den Schrank, ohne darauf zu achten welchen, und ziehe ihn mir über.

»Also«, frage ich genervt.

Er schluckt wieder, weicht meinem Blick aus und sein Gesichtsausdruck wechselt von verwirrt-gierig zu unsicher-hilflos. Er holt Luft, dann zögert er. »Es gibt jemanden, der deine Mutter bedroht.«

Jetzt bin ich dran mit schlucken. Er weiß es also. Adrienne hat ihn aufgeklärt. Ihm den Wind aus den Segeln und mir die Chance auf ein bisschen Spaß mit Logan Davonport (den ich ja eigentlich sowieso nicht haben wollte) genommen. Sie hatte also nichts Besseres zu tun, als ihm zu sagen, dass er die Finger von mir lassen soll.

Zu sagen, ich bin nicht enttäuscht, wäre gelogen. Es fühlt sich sogar ein wenig bedrückend an, zu wissen, dass er weiß, dass ich nicht bin, was er angenommen hat. Meine Lockerheit schwindet nicht nur wegen dem, was er eben gesagt hat, sondern auch, weil er weiß, dass ich keins der Mädchen bin.

Irgendwie hat es mir mehr Sicherheit gegeben, mir diese Identität wie einen Schutzmantel umzulegen. Mit einem Mann wie ihm hatte ich noch nie zu tun. Ihm eine Prostituierte vorzuspielen, hat es mir leichter gemacht, ihm auf gleicher Höhe zu begegnen. Jetzt in seinen Augen einfach nur ein junges Mädchen zu sein, vielleicht sogar zu jung für ihn, verunsichert mich.

»Bedroht?«, hake ich nach. Es gab doch schon immer Männer, die nicht glücklich waren, nicht zum erlauchten Kreis der Mitglieder des *Destiny* zu gehören. Das ist also nichts Neues.

»Er will etwas und dieser Mann ist gefährlich. Wirklich gefährlich. Er saß bis vor ein paar Wochen wegen Mordes.«

»Mord? Aber was will er denn?« Jetzt werde ich doch hellhörig und mein Puls beschleunigt sich. »Ist jemand verletzt worden?«

»Liv ist einem seiner Männer begegnet, als sie heute vom Shoppen zurückkam. Er hat ihr unten am Tor aufgelauert und hat ihr heftig Angst gemacht. Der Typ war wohl mal Livs Zuhälter.« Meine Kehle schnürt sich zu. Wenn Livs Zuhälter nur einer von seinen Männern war, wie mächtig ist der Kerl, mit dem wir es zu tun haben? Ringo ist einer der schlimmsten Männer mit denen wir es im *Destiny* je zu tun hatten, soweit ich mich zurückerinnern kann. Die Mädchen, die für ihn laufen, sind Frauen, die er entführen lässt, rücksichtslos gefügig macht und so massiv unter Drogen setzt, dass sie alles über sich ergehen lassen.

Dass Adrienne damals Liv aus seinen Fängen freikaufen konnte, war mehr als nur Glück. Liv war so kaputt von dem, was man ihr angetan hat, dass sie für ihn wertlos geworden war. Sie hat lange Zeit im Krankenhaus und in einer Therapie verbracht. Liv ist eins der Mädchen, die hier wohnen, die unten in der Bar Spaß mit den Männern haben und nur selten über Drinks und Flirts hinausgehen. Um wieder als Prostituierte zu arbeiten, ist ihr zu viel Mist passiert. Wir haben ein paar Mädchen hier, denen schlimme Dinge passiert sind. Sie können hier bleiben, weil die anderen Mädchen ihnen von ihren Einnahmen abgeben. So funktioniert das hier. Hier unterstützen sich alle gegenseitig.

»Und die Polizei?«

»Du weißt doch, wie die arbeiten. Solange er sich nicht schuldig macht, passiert gar nichts. Bis dahin ist es wichtig, dass ihr alle macht, was wir sagen. Es geht um eure Sicherheit.«

Ich setze mich auf mein Bett und fühle mich irgendwie überfahren. »Was will er denn?«

Wieder sieht Logan zur Seite, er steckt seine Hände in die Taschen der schwarzen Anzughose, die ihm wirklich sehr gut steht. »Das musst du mit deiner Mutter besprechen. Dazu habe ich nicht die Befugnis. Aber du musst wissen, dieser Mann wird nicht aufgeben.«

Ich stehe wieder auf, straffe die Schultern und gehe auf Logan zu. Er weiß genauso gut wie ich, dass sie mir nichts sagen wird, da bin ich mir sicher. Und das macht mich wütend. »Danke für die Warnung«, sage ich schnippisch. »Ich werde nie wieder eine deiner Ansprachen stören und mich lustig machen. Wenn du jetzt mein Zimmer verlassen würdest?« Ich gehe weiter auf ihn zu, so dass er rückwärts gehen muss, um der Berührung durch meinen Körper auszuweichen. Noch heute Morgen hätte er es begrüßt, mich zu berühren. Ich bin fast ein wenig eingeschnappt. Es ist, als hätte Logan Davonport mit der Wahrheit über mich einen Schutzwall hochgezogen. Hat er Angst vor mir oder nur vor meiner Mutter? Irgendwie wäre es mir lieber, er hätte Angst vor mir.

»Der Park ist auch verboten«, sagt er, bevor er aus meinem Zimmer tritt. Er sieht mich mit diesem Blick an, der mir sagen soll, dass er genau weiß, warum ich den dicken Pullover angezogen habe.

Ich verziehe meinen Mund zu einem schiefen Grinsen. »Zu Befehl, Mr Davonport.« Er weiß es und ich weiß es: Ich werde mich nicht daran halten. Besonders nicht, weil er es von mir verlangt hat.

Das Anwesen ist von einer drei Meter hohen Mauer umgeben. Wer hier nichts zu suchen hat, kommt hier auch nicht rein. Ich ziehe provozierend eine Augenbraue hoch und werfe die Tür vor seiner Nase zu. Vielleicht hätte ich mich an sein Verbot gehalten, wenn er mir etwas entgegengekommen wäre. Aber das hat er nicht getan. Stattdessen hat er mich herumkommandiert. Mit wenigen Worten. Dieser Mann scheint allgemein wenig Worte zu gebrauchen. Er macht mit Blicken klar, was er von jemandem erwartet. Und er scheint es gewohnt zu sein, dass man sich ihm unterwirft. Aber nicht mit mir. Ich habe von meinem ersten Atemzug an gelernt, dass Männer mir nichts zu sagen haben. Dass ich als Frau über mich selbst bestimmen kann.

Bis es dunkel genug ist, harre ich in meinem Zimmer aus. Von unten tönt Gelächter herauf. Nur die Geräusche aus der Eingangshalle und der Bar dringen bis in die obere Etage. Die Separees hat meine Mutter dämmen lassen. Früher war ich noch zu jung, um mir darüber Gedanken zu machen. Es ist mir nicht einmal bewusst geworden. Als ich dann alt genug war, um es zu bemerken, habe ich es zu schätzen gewusst. Aber das Gelächter, die Unterhaltungen, die Stimmen, all das habe ich in London vermisst. Eine Weile konnte ich nachts nicht schlafen, weil mir die Geräusche gefehlt haben, die mich meine ganze Kindheit in den Schlaf begleitet haben. Auch jetzt sitze ich auf meinem Bett, den Rücken gegen das Kopfende gelehnt, auf meinen Oberschenkeln das Leben eines berühmten Rockstars, und die Stimmen, die von unten heraufdrängen, haben eine beruhigende Wirkung auf mich. Deswegen bemerke ich kaum, dass es längst dunkel ist und fast hätte ich vergessen, dass ich mich Logan doch noch widersetzen wollte.

Ich lege das Manuskript und meine Notizen beiseite und steige aus meinem Futonbett. Bevor ich mein Zimmer verlasse, werfe ich einen Blick in den Park. Vor dem Haus parken sechs Autos. Wir haben Anfang der Woche, da ist es ruhiger im *Destiny*. Ich öffne meine Zimmertür einen Spalt breit und stelle erleichtert fest, dass der Korridor leer ist. Nicht einmal Ethan steht mehr hier oben auf seinem Posten. Wahrscheinlich sind alle Männer der Security jetzt unten, weil die Mädchen dort sind und sie nicht glauben, dass hier oben irgendeine Gefahr droht. Ich glaube auch nicht an eine Gefahr im Park. Wer wäre so dumm, während der Geschäftszeiten hierher zu kommen, wenn es genug Zeugen geben würde, um einen eventuellen Angriff zu bestätigen.

Langsam schleiche ich mich den Gang hinunter, als neben mir plötzlich eine Tür aufgeht. Es ist die Tür zu Ivys Zimmer. Was eigentlich gut wäre, wenn Ivy herauskommen würde. Aber diese breiten Schultern und belustigten Augen gehören zu Ethan. Sofort straffe ich die Schultern und bleibe mit anklagendem Blick vor ihm stehen. Angriff ist bekanntlich die beste Verteidigung. »Was machst du im Zimmer eines Mädchens? Soweit ich weiß, ist das verboten.«

Meine Mutter konnte doch nicht alle Regeln für jeden geändert haben, schließlich haben diese Regeln all die Jahre sehr gut funktioniert. Und sie alle hatten ihre Gründe, sie dienten dem Schutz der Mädchen und um ihnen zumindest das Gefühl von einem Privatleben zu geben. Eine Auszeit von ihrem Job. Genau deswegen ist eine männerfreie Zone so wichtig.

»Ich wohne hier«, antwortet Ethan mit einem breiten Grinsen. Meine bedrohliche Miene scheint ihn kein bisschen zu beeindrucken.

»Du wohnst bei Ivy?«, frage ich entrüstet.

»Nicht ganz. Ivy wohnt bei deiner Mutter und ich wohne hier mit Dimitri. Nur bis ihr wieder sicher seid.« Sein Grinsen wird noch breiter. Ich werfe einen Blick an ihm vorbei in das Zimmer und glaube ihm sofort. Überall auf dem Boden verstreut liegen Herrenklamotten. Ivy ist vielleicht ein klein wenig verrückt, aber ihr Sinn für Ordnung gleicht dem einer OP-Schwester. Sie würde einen Anfall bekommen, wenn sie von dem Zustand ihres Zimmers wüsste.

»Dann wohnt Logan also auch hier? In welchem Zimmer wohnt er?«

»Bis vor Kurzem?« Ethan zwinkert mich an. Dieses Gespräch macht ihm sichtlich Spaß. »In deinem Zimmer.«

»Er hat in meinem Zimmer gewohnt?« Ich kreische vor Entsetzen, als mir klar wird, dass er es gewesen sein muss, der es aufgeräumt hat. Denn eigentlich sieht mein Zimmer so aus, wie jetzt Ivys, nur dass bei mir BHs, Höschen und Kleider den Boden verzieren. Als ich gestern ankam, hat es mich kein bisschen gewundert, dass das Zimmer aufgeräumt ist, immerhin war ich einige Jahre nicht da. Aber wenn ich jetzt darüber nachdenke, hat meine Mutter sich nie für den Zustand meines Zimmers interessiert. Warum hätte sie jetzt damit anfangen sollen? Bei der Vorstellung, dass Logan meine getragenen Höschen zusammengesammelt hat, wird mir ganz flau im Magen. Oh mein Gott, er hatte meine Höschen in seinen Händen! Ich werde ihn nie wieder ansehen können, ohne dieses Bild vor Augen. Ethan fängt laut an zu lachen. Seine Schultern beben und an der Art wie er mich mustert, erkenne ich, dass er genau weiß, worüber ich gerade nachdenke und weswegen mir mein Kinn bis auf die Brust geknallt ist.

»Du hast recht«, sagt er, nachdem er sich gefangen hat. »Bis gestern war das nicht halb so lustig. Es fühlt sich besser an, wenn man weiß, dass die Unterwäsche nicht von einer Professionellen ist.«

Wütend balle ich meine Hand zur Faust und schlage sie Ethan gegen die Brust.

»Keine Angst«, sagt Ethan lachend und weicht einen Schritt zurück. »Das Zimmer war schon fast unanständig sauber. Kein Unterwäsche-Watergate.«

»Wo schläft er jetzt?«

»Bei deiner Mutter.«

»Aber da schläft doch schon Ivy!«

»Es gibt ein großes Bett in ihrem Schlafzimmer.« Sein Mundwinkel zieht sich nach oben und er mustert mich genau. Aber ich bin nicht dumm genug, um auf ihn hereinzufallen. Er will wissen, wie ich auf die Nachricht reagiere, dass Logan die Nächte mit meiner Mutter verbringt. Aber den Gefallen werde ich ihm nicht tun, weswegen ich eine ungerührte Miene aufsetze und so tue, als würde mich das alles völlig kalt lassen. Was es auch tut. Es interessiert mich kein bisschen, mit wem Logan Davonport seine Nächte verbringt. Absolut nicht die Bohne. Okay, es interessiert mich doch. Es macht mich wütend, dass er sich ausgerechnet meine Mutter ausgesucht hat. Immerhin ist sie gut 20 Jahre älter als er. Und sie arbeitet nicht mehr als Prostituierte. Was heißt, die beiden haben eine Beziehung! Warum auch sonst sollte er so versessen darauf sein, die Bewohner des *Destiny* zu beschützen?

Nein, er quartiert hier gleich eine ganze Armee muskelbepackter Kerle ein. Und das, obwohl das

D*estiny* ziemlich sicher ist. Ein Bodyguard war immer genug gewesen. Das ist die Wahrheit hinter all dem hier: Logan Davonport ist nur wegen meiner Mutter hier. Oh, ich werde ein Wörtchen mit meiner Mutter reden müssen. War sie es nicht gewesen, die mir immer wieder eingebläut hat: »Lass dich nicht auf Freier ein. Diese Männer werden nie mit nur einer Frau zufrieden sein. Und in diesem Haus gilt sowieso, Geschäftliches und Privates zu trennen.«

»Also dann«, sage ich möglichst lässig.

»Moment«, sagt Ethan energisch, zieht die Tür hinter sich zu und blockiert mir den Weg. »Wo willst du hin?«

»In die Küche«, lüge ich und bin stolz auf mich, weil meine Stimme fest klingt. Eigentlich bin ich eine schlechte Lügnerin, zumindest behauptet Ivy das immer. Meine Stimme würde dann kieksen, meint sie.

»Und was willst du in der Küche?«

Ich ziehe erstaunt eine Augenbraue hoch und gucke unschuldig. »Kaffee, es ist keiner mehr da und ich muss die halbe Nacht die langweilige Biografie eines alten Mannes lesen. Da brauche ich Kaffee.« Dass das Leben dieses alten Mannes kein bisschen langweilig war, muss Ethan ja nicht wissen. Aber zumindest habe ich so nicht ganz die Unwahrheit gesagt. Mich erwarten noch einige Seiten Drogen, Alkohol und der Beinahetod des Rockers, von dem ich aus den Medien weiß. Bis heute wird spekuliert, ob die Überdosis Kokain vor etwa fünf Jahren nur ein Unfall war oder nur sein erster Versuch, seinem

Leben ein Ende zu setzen. Ich hoffe wirklich, dass das Manuskript dieses Rätsel lüften wird.

Ethan legt den Kopf schief, als versuche er meine Gedanken zu lesen. Er muss zum Schluss gekommen sein, dass ich die Wahrheit gesagt habe, denn er tritt zur Seite, um mich vorbeizulassen.

»Danke«, sage ich ruhig und gehe mit steifen Schritten weiter den Gang runter und hoffe, dass Ethan nicht sieht, wie sehr ich mich anstrengen muss, nicht loszurennen oder dank meiner zitternden Knie zusammenzubrechen.

Als ich um die Ecke gebogen bin, bleibe ich auf der ersten Stufe stehen und hole tief Luft. Ich kann wohl froh sein, dass ich Ethan und nicht Logan begegnet bin. Logan hätte mir kein Wort geglaubt oder auch nur in Erwägung gezogen, mich gehen zu lassen. Ich laufe eilig die Stufen nach unten, durchquere die Küche und schlüpfe zur Hintertür raus in den Park. Mit geschlossenen Augen atme ich tief die nächtliche Sommerluft ein und lausche für einen Moment dem Zirpen der Grillen, bevor ich mich auf den Weg zu der alten Eiche mache, die hier wohl schon so lange steht wie das ganze Haus. Schon immer habe ich besonders gerne unter ihrem Blätterdach gesessen, weswegen Adrienne irgendwann vor ein paar Jahren beschlossen hat, eine Bank rund um ihren massiven Stamm zimmern zu lassen. Ich laufe den Weg entlang, der von Laternen beleuchtet wird, die aussehen, als wären sie aus dem gleichen Jahrhundert wie das Haus, aber das sind sie nicht.

Dana und Mutter haben damals den Park wieder herrichten müssen. Das Haus stand lange Zeit leer, bevor sie es gekauft haben. Ich habe Fotos gesehen, die den Park als einen Dschungel zeigen, das Haus schmutzig und glanzlos. Es hat Jahre gedauert, bis das Anwesen wieder so aussah wie es einst gewesen sein musste, bevor man es aufgegeben hatte. Ich kann mich noch erinnern, dass Mutter und Dana Hilfe von den ersten Mädchen des *Destiny* hatten, dass es einige Zeit ein Baugerüst gab, das die ganze Fassade umgab, und dass Handwerker sich ihre Arbeiten haben von den Mädchen bezahlen lassen. Nur so ist das alles hier möglich gewesen.

Ich setze mich auf die Bank und sehe zu den Blättern über mir hoch, die sich sanft bewegen und meinen Lieblingstanz aufführen; die kleinen elektrischen Lichter blinken lassen. Ich denke über das Manuskript nach, zumindest möchte ich das, aber meine Gedanken schweifen immer wieder zu breiten Schultern, silbernen Augen und diesem herb würzigen Duft ab. Logan Davonport, der Mann, mit dem meine Mutter eine Affäre hat. Der mich vom ersten flüchtigen Moment an angezogen hat wie das Licht einen Nachtfalter. Der mich immer wieder wütend macht, obwohl es gar keinen Grund dafür gibt. Aber jedes Wort, jedes teuflische Grinsen reizt mich, schürt etwas in mir. Und ich weiß, dass es nur daran liegt, weil dieser Mann zu meiner Mutter gehört.

Ich denke zurück an den letzten Mann, der widersprüchliche Gefühle in mir ausgelöst hat. Da ich damals keine Freunde mit nach Hause nehmen konnte und niemand sich mit dem Mädchen abgeben wollte, dass in einem Puff lebt - dessen Mutter eine Nutte ist - hatte ich während meiner ganzen

Schulzeit keine Kontakte zu Mitschülern, geschweige denn Freunde oder einen Freund. Aber auf der Universität in London war das anders. Da hatte ich eine Beziehung und sie hielt über zwei Jahre an. Er war in meinem Alter, ein Mitstudent und Aushilfe in der Bibliothek. So haben wir uns kennengelernt.

Steve ist unglaublich intelligent. Er gilt als hochbegabt, seit er die Grundschule besucht hat, weswegen sein Spitzname Professor ist. Er ist der erste und einzige Mann, mit dem ich bisher zusammen war. Ich habe ein Problem damit, Männern zu vertrauen. Zu oft habe ich mitbekommen, was Männer den Mädchen angetan haben, als sie noch auf den Strich gingen.

Von Ivy weiß ich, dass ein Freier sie für mehrere Tage an sein Bett gefesselt und sie immer und immer wieder vergewaltigt und brutal geschlagen hat. Es hat ihn erregt, eine Frau zu verletzen. Aber Steve war vom ersten Tag an sehr rücksichtsvoll, hat sich für mich interessiert, war zuvorkommend und unglaublich zärtlich. Ich habe ihn sehr gemocht, habe es geliebt, mit ihm stundenlang über Literatur zu reden. Aber dann, vor ein paar Monaten, ist mir klargeworden, dass er mir nicht so wichtig ist wie ich angenommen habe. Nicht wichtig genug, um mein Leben in Glasgow für ihn aufzugeben. Aber mit ihm zusammen zu sein hat mir meine Scheu vor Männern genommen und mir gezeigt, dass es auch Männer gibt, die anders sind als die, die den Mädchen unaussprechliche Dinge angetan haben.

Tief in mir drin wusste ich wohl schon länger, dass ich ihn nie wirklich geliebt habe. Etwas hat mir in unserer Beziehung gefehlt, hat sich nicht richtig angefühlt.

Ein Auto fährt hinter mir die Auffahrt hinauf, die Kiesel knarren unter dem Druck der Räder. Das Geräusch reißt mich aus meinen Gedanken. Ich lächle in mich hinein und schüttle den Kopf. Hat Logan wirklich nicht bemerkt, dass ich das Haus verlassen habe oder interessiert es ihn nur nicht so sehr wie ich dachte nach seiner Strafpredigt vorhin in meinem Zimmer? Ich sauge noch einmal tief die laue Nachtluft in meine Lungen, dann stehe ich von der Bank auf und gehe zurück zum Haus. In der Tür zur Küche lehnt ein dunkler Schatten. Obwohl ich nicht sehen kann, wer dieser Schatten ist, weiß ich, dass es Logan ist. Mein Herz rutscht in meinen Magen und schlägt Purzelbäume. Nervös gehe ich weiter auf die Tür zu, doch Logan rückt keinen Zentimeter zur Seite. Mein Puls beschleunigt sich und ich spüre, wie Hitze sich in meinen Wangen verteilt. Ich wage kaum, den Kopf zu heben, als ich vor ihm stehen bleibe.

»Wo bist du gewesen?«, fragt er ruhig, aber ich kann den unterdrückten Zorn trotzdem in seiner Stimme hören. Er greift hinter sich und knipst das Außenlicht über der Küchentür an.

»Im Park«, antworte ich möglichst schnippisch und weise mit dem Daumen über meine Schulter zurück. »Ich mache jeden Abend einen Spaziergang. Ich kann sonst nicht einschlafen.«

Logan richtet sich auf und macht einen Schritt auf mich zu. »Du machst das mit Absicht, mich provozieren, oder?« Er presst seine Kiefer fest aufeinander. Er sieht beängstigend und beeindruckend zugleich aus, so wie er vor mir steht. Die muskulösen Arme vor der breiten Brust verschränkt. Das Gesicht zu einer grimmigen Maske verzogen.

»Ich glaube, du nimmst dich zu wichtig«, entgegne ich wütend. »Ich war nur spazieren. Wie soll der Kerl hier schon reinkommen? Das hier ist Fort Knox.«

»Dieser Kerl ist einer der gefährlichsten Verbrecher Glasgows.« Plötzlich macht er einen weiteren Schritt nach vorne, packt meine Oberarme und hält mich mit ernstem Blick fest. »Du solltest wirklich mit deiner Mutter reden.« Sein warmer Atem weht über meine Wange. Er muss eben erst Whisky getrunken haben. Mein Blick bleibt auf seiner vollen Unterlippe hängen und ich frage mich, wie es sich wohl anfühlen würde, mit meiner Zunge den Whisky von seiner Lippe zu lecken. Ich beiße mir auf die Unterlippe, erst seine Stimme bringt mich wieder zurück.

»Hope?«

»Was?« Ich blinzle und sehe zu ihm auf.

»Du solltest mich wirklich nicht so ansehen.«

»Wie denn?«, frage ich verwirrt. Erst als diese Frage schon über meine Lippen gekommen ist, verstehe ich, was Logan gemeint hat. Hitze schießt in meine Wangen und ich weiche erschrocken zurück. »Tut mir leid. Ich geh jetzt rein«, stammle ich.

Logan zögert noch einen Augenblick, sein Blick brennt sich noch immer in meinen, bevor er mich endlich loslässt. Ich reibe mit den Händen über meine Oberarme, nicht, weil Logans Griff so schmerzhaft gewesen wäre, sondern weil ich erst jetzt spüre, dass sich seine Berührung durch die Wolle meines Pullis gebrannt hat.

»Für deinen nächsten Abendspaziergang nimm dir einen der Männer mit. Ich will dich nicht noch einmal allein hier draußen sehen.« Er steht mit dem Rücken zu mir, als er das sagt. Er sieht nicht einmal mehr zu mir zurück, als ich im Haus verschwinde.

Meine Kehle fühlt sich kratzig und trocken an und meine Atmung geht so heftig wie nach einem Sprint. Ich versuche genug Sauerstoff in meine Lungen zu bekommen, bevor ich die Stufen nach oben gehe. Auf der letzten Stufe bleibe ich stehen und lehne mich erschöpft gegen die Wand. Unter meinen Fingern spüre ich die alte Stofftapete. An dieser Wand klebt die letzte Tapete dieser Art. Eins der wenigen Überbleibsel aus einer Zeit als dieses Haus noch das Zuhause einer wohlhabenden Familie war, die sich nie hätte vorstellen können, dass ihr geliebtes Heim einmal ein Bordell sein würde. Eine Arche für gefallene Frauen.

Ich atme tief ein und starre an die gegenüberliegende weiße Wand. Was ist nur los mit mir? Wie schafft es dieser Mann nur immer wieder, mich in ein wehrloses Häufchen zu verwandeln? In meinem Kopf schwirren sämtliche Gedanken durcheinander, wenn er vor mir steht. Alle Worte, die ich ihm sagen könnte, lösen sich einfach in Luft auf und verschwinden.

Ich bin eigentlich nie um Worte verlegen. Aber bei ihm ist alles anders. Erst als mein Brustkorb sich unter ruhigeren Atemzügen hebt, löse ich mich von der Wand. Ich werde mit meiner Mutter reden müssen, wenn ich wissen will, was hier los ist. Nur wenn ich das weiß, kann ich herausfinden, wie ich Logan Davonport aus dem Weg gehen kann.

4. Kapitel

Adrienne sitzt auf der Couch, als ich den Wohnbereich meiner Mutter betrete. Auf ihrem Schoß
liegt das Fotoalbum, in dem die Bilder sind, die die
einzelnen Bauetappen des Anwesens zeigen und
Mutters Bauch, der sich über die Monate genauso
verändert hat wie das *Destiny*. Meine Mutter war
schwanger mit mir, als sie und Dana das Anwesen
gekauft haben. Wenn Adrienne dieses Album her-
vorholt, dann hängt sie in der Vergangenheit fest.
Dann durchlebt sie noch einmal all die Dinge, die
ich nicht wissen darf: Wie ihr Leben auf der Straße
ausgesehen hat? Wie sie es sich leisten konnte,
dieses Anwesen zu kaufen? Wer mein Vater ist?

Ich nehme die Bettwäsche hoch, die ordentlich
zusammengelegt neben ihr auf dem Sofa liegt. Als
ich sie auf die Rücklehne lege, steigt mir der würzige
Duft von Logans Aftershave in die Nase. Ich kann
das zufriedene Lächeln kaum verbergen, als mir klar
wird, dass er auf dem Sofa geschlafen haben muss.

»Wird ganz schön voll hier bei dir«, sage ich
beiläufig.

Adrienne legt das Fotoalbum zur Seite. »Logan
müsste nicht auf dem Sofa schlafen, wenn du zu
Dana in die Wohnung gehen würdest.«

Ich ziehe die Schultern hoch und lasse sie wieder
fallen. Insgeheim freue ich mich über die kleine

Information, die meiner Mutter wohl eher zufällig herausgerutscht ist. Aber das bedeutet, dass Logan zwar die Nächte mit Ivy und Adrienne verbringt, aber nicht auf die Art, wie die Mädchen mir am ersten Abend weismachen wollten. »Er meint, du sollst mir erzählen, was hier los ist.«

»Da gibt es nichts zu erzählen. Eine alte Geschichte«, sagt sie ausweichend, steht auf, ohne mich anzusehen und stellt das Fotoalbum zurück in das Bücherregal auf der anderen Seite des kleinen Zimmers. Das macht sie immer. Schon solange ich zurückdenken kann, weicht sie meinen Fragen aus.

»Eine alte Geschichte? Mehr also nicht?«, frage ich und meine Stimme zittert vor unterdrückter Wut. Ich weiß, sie verbirgt etwas vor mir, von dem sie glaubt, es würde mich verletzen oder in Gefahr bringen, wenn ich davon wüsste. Das habe ich schon vor Jahren verstanden. Aber ich bin jetzt erwachsen. Ich muss nicht mehr beschützt werden. »Wieso lässt du uns dann hier drin einsperren, wenn es nur eine alte Geschichte ist?«

Jetzt dreht sie sich zu mir um und setzt diesen Gesichtsausdruck auf, der mir sagen soll, dass ich dabei bin, eine Grenze zu überschreiten. »Niemand sperrt dich hier ein. Dir steht es frei, in Danas Wohnung zu gehen. Sie hat sie dir vererbt, damit du nicht länger hier leben musst. Du gehörst hier nicht her.«

»Als ich ein Kind war, hat es dich nicht gestört, mich in einem Puff aufwachsen zu lassen. Was ist jetzt daran falsch?«

Sie runzelt die Stirn und steckt eine Haarsträhne zurück in ihren Dutt, dann nimmt sie die Brille, die immer an einer Kette um ihren Hals hängt, und fängt an sie zu putzen. Wenn sie das tut, sucht sie nach einer Ausrede oder Lüge, die sie mir auftischen kann. Ich verdrehe frustriert die Augen. »Das ist kein Leben für dich. Du musst anfangen, dir ein eigenes aufzubauen.«

»Du wolltest mir sagen, was hier los ist«, dränge ich und ignoriere, dass sie mir vorschreiben will, wie ich zu leben habe. Ich falte die Hände in meinem Schoß und sehe abwartend zu ihr auf.

»Das Geld, mit dem Dana und ich das *Destiny* gekauft und renoviert haben, das gehört Ronny.«

Ich nicke, obwohl ich keinen Ronny kenne. Aber mein Nicken soll ihr sagen, dass ich zuhöre und bereit bin, alles zu erfahren und zu verstehen. »Und jetzt ist er aus dem Knast raus und will es wiederhaben.«

Meine Mutter bringt ein unsicheres Lächeln zustande. »Wir haben es ihm geklaut. Mehr musst du nicht wissen.«

Ich stehe auf und schiebe die Hände in die Bauchtasche meines Pullis. »Tja, das muss ich doch nie, oder? Ich mein, ich frage dich, wer mein Vater ist und du wendest dich ab.«

»Weil es besser ist, wenn du es nicht weißt.«

»Vielleicht bin ich alt genug, das selbst zu entscheiden«, sage ich mit vor Kälte klirrender Stimme. »Vielleicht will ich einfach nur wissen, wer ich bin?«

Meine Mutter sieht mich traurig an, aber ich kann nicht mehr bedauern, was ich zu ihr gesagt habe. Früher hatte ich nach solchen Gesprächen Mitleid mit ihr. Doch jetzt kann ich das nicht mehr, weil es nicht ihr Recht ist, mir vorzuenthalten, wer mein Vater ist. Meine Mutter geht auf die Zimmertür zu. Gleich wird sie mich wieder einfach stehenlassen. So wie sie es immer tut.

»Nicht deine Abstammung definiert wer du bist, sondern deine Taten.« Das sagt sie mir jetzt schon so lange ich denken kann. Und das ist auch das, was mich jetzt davon abhält, schlecht über meine Mutter zu denken, weil sie diesen Ronny um sein Geld gebracht hat. Denn diese schlechte Tat hat sie mit sehr vielen guten Taten längst ausgelöscht.

Sie öffnet die Tür und geht einfach. Ich schlucke den Zorn herunter, dieses Gefühl ist nicht mehr so mächtig wie früher, wenn sie einfach gegangen ist, um nicht mit mir über meinen Vater sprechen zu müssen. Mittlerweile sind die Frustration und Hilflosigkeit größer geworden. Vielleicht fange ich an, es zu akzeptieren, dass ich nicht die ganze Wahrheit über sie, mich und meinen Vater erfahren werde.

Und jetzt kommt noch hinzu, dass meine Mutter offensichtlich einen der gefährlichsten Verbrecher dieser Stadt um sein Geld betrogen hat. Und das Destiny war bestimmt nicht billig, also schuldet sie ihm eine Menge Geld. Dieser Mann, wer auch immer er ist, wird nicht aufgeben. Und meine Mutter weiß das, weswegen sie Logan und seine Männer in dieses Haus geholt hat. Was hat meine Mutter zu solch einer Tat getrieben? So etwas passt nicht zu ihr. Der moralische Kompass meiner Mutter weicht nie vom rechten Weg ab. Das Unmoralischste, das sie je getan hat, war für Sex Geld zu nehmen. Okay, und einen Kriminellen zu bestehlen, der jetzt hinter ihr her ist. Aber das ist viele Jahre her. Damals war sie wohl noch ein anderer Mensch. Oder etwas hat sie zu dieser Handlung getrieben. Etwas Schlimmes. Und zumindest das mit dem Sex hat sie nie freiwillig getan. Das ist das Einzige, das ich aus ihrem Leben vor dem *Destiny* weiß. Dass sie zur Prostitution gezwungen wurde.

»Cora hat gute Arbeit geleistet. Eigentlich fehlt nur noch das Ende, dann könnten wir Charly Walkers Leben auf die Menschheit loslassen«, sage ich zu Jen, die auf meinem Schreibtisch sitzt, in der Hand eine Tasse Kaffee.

»Was sagst du denn dazu, dass die Überdosis beabsichtigt war?«, will sie wissen und lässt ihre Beine baumeln.

Ich gebe einen weiteren Löffel Zucker in meine Tasse. Kaffee kochen kann Jen definitiv nicht, ich habe das Gefühl, als würde auf meiner Zunge ein Pelz wachsen, so schwarz und stark ist das Gebräu in meiner Tasse. Wahrscheinlich wird mein Herz mir in den nächsten Minuten aus der Brust springen und davonrennen.

»Ich habe es geahnt, aber dass er es bestätigt, wird einen sehr großen Medienrummel auslösen.« Wahrscheinlich noch größer als ich anfangs vermutet habe. »Und warum hat sein Sohn das Ende noch nicht geschrieben?«

Jen seufzt laut und verdreht die Augen. Sie wirft einen Blick auf die hellblaue Plastikuhr an ihrem

Handgelenk, Walkers Sohn müsste jeden Moment zur Tür hereinkommen. »Dieser Mann ist schwierig, um es vorsichtig auszudrücken. Er scheint keine Ahnung davon zu haben, wie seine Mutter in jungen Jahren war. Er tobt über jedes Wort, das Walker über seine Frau geschrieben hat.«

Ich nehme einen Schluck von meinem bitteren Kaffee und überlege, wie ich den Termin am besten angehen soll. Wie kann man den Mann davon überzeugen, dass das Manuskript gut ist wie es ist? »Vielleicht sollten wir es vorsichtig angehen und ihm ein wenig entgegenkommen. Ein paar der Kapitel mit seiner Mutter entschärfen. Ich würde auch nicht wollen, dass die Welt erfährt, dass meine Mutter sich auf einen Sexdeal mit einem Rockstar eingelassen hat.«

»Hmm«, macht Jen. »Andererseits sind Sexdeals genau das, was die Frau von heute lesen will in einem Buch. Besonders, wenn aus diesem Deal die ganz große Liebe wächst.«

»Die Liebe war in dem Fall aber schon vor dem Deal da«, entgegne ich zwinkernd. Dieses Buch ist das wahre Leben und kein BDSM-Abklatsch. Trotzdem hat Jen nicht ganz unrecht. Aber wir müssen einen Weg finden, der Veröffentlichungstermin für das Buch steht, die Presse scharrt schon ungeduldig mit den Füßen. »Wie ist er denn sonst so drauf? Kann man vielleicht mit ihm reden?«

Jen schüttelt grinsend den Kopf. »Dieser Mann ist heiß, richtig heiß. Aber er ist ein Arschloch. Keine Chance, außer du schaffst es, ihn mit deinen Reizen zu überzeugen. Er ist nämlich auch ein Aufreißertyp. Keine festen Beziehungen, aber ein nie endendes Kontingent an Kurzzeitbeziehungen für offizielle Anlässe.«

Ich nehme einen großen frustrierten Schluck von meinem Kaffee und schüttle mich. »Das mit den Reizen können wir vergessen. Männer sehen in mir nicht gerade eine Verführerin.«

Jen sieht auf ihre Uhr und rutscht von der Schreibtischplatte. »Wenn du das sagst.« Sie nimmt mir die Tasse aus der Hand und geht zur Tür, die ihren Arbeitsplatz von meinem trennt.

Grummelnd setze ich mich aufrechter in meinen Bürostuhl und ziehe ihn näher an meinen Schreibtisch. Ich will einen möglichst professionellen Eindruck auf Charly Walkers Sohn machen, weswegen ich heute auch meine Haare straff an meinen Hinterkopf zurückgesteckt habe. Ich habe sogar etwas Make-up aufgelegt, damit spare ich sonst immer.

Ich bin in einem ganzen Haus voll Frauen aufgewachsen, für die Make-up zum Beruf gehört. Ich selbst habe nie viel Interesse daran gehabt. Aber das brauche ich auch nicht, ich bin zufrieden mit der Beschaffenheit meiner Haut im Gesicht: eine natürliche Blässe, rosige Wangen und keine Unreinheiten. Hin und wieder benutze ich Wimperntusche und Kajal, so wie heute. Ich schlage meine Notizen und das Manuskript auf und lege alles vor mich hin. Dann nehme ich mir einen Bleistift und klopfe einen schnellen nervösen Rhythmus auf den Notizblock. Jeden Moment wird Charly Walkers Sohn durch diese Tür kommen, mein erster offizieller Termin mit einem Autor als Lektorin.

Die Tür öffnet sich, Jen steckt ihren Kopf herein und verdreht die Augen so stark, dass ich nur noch das Weiße sehen kann. »Er ist da.«

Mein Herz klopft etwas schneller und ich räuspere mich leise. Die Nervosität wird von Panik abgelöst und am liebsten würde ich aufspringen und die Flucht ergreifen. Ich verfluche, dass mein erster Termin ausgerechnet mit einem Problemfall stattfinden muss. Reiß dich zusammen, befehle ich mir in Gedanken. »Lass ihn rein.«

Jen zieht ihren Kopf zurück und öffnet die Tür weiter. Sie tritt zur Seite und mein Blick fällt auf eine Schulter in einem schwarzen Anzug, die sich der Tür nähert. Dann wird die Tür weiter aufgestoßen, sie knallt gegen die Wand und ich fahre zusammen und erstarre gleichzeitig, als die donnernde Stimme von Logan Davonport mich mit der Wucht einer Abrissbirne trifft.

»Was zur Hölle war nicht gut an einem Treffen in meinem Büro ...?« Seine Stimme erstickt, als er mich sieht. »Was machst du denn hier?«

Ich schlucke schwer und kämpfe gegen das Rauschen in meinen Ohren an. »Das würde ich auch gerne wissen. Was willst du hier?«

»Ich habe einen Termin, der hierher verlegt worden ist und mich jetzt noch mehr Zeit kostet.« Er sieht mich wütend an und kommt noch näher. »War das deine Idee?«

»Ja ... also, ich hatte keine Ahnung ... Bist du Walkers Sohn?« Wenn mein Herz sich nicht sofort wieder beruhigt, werde ich aufgrund von Sauerstoffmangel ohnmächtig werden, denn ich wage nicht, schneller zu atmen, um Logan nicht zu zeigen, wie schockiert ich bin, ihn hier zu sehen.

Er setzt sich in den Sessel, der vor meinem Schreibtisch steht. »Steht mein Name nicht in deinem Terminkalender?«, schnaubt er wütend. Er öffnet die Knöpfe seines Anzugs, in dem er zur Hölle nochmal einfach fantastisch aussieht. Und noch viel beeindruckender als nur in Hemd oder Shirt.

Mit hochgezogenen Augenbrauen zeige ich ihm den Eintrag, den Jen im Terminkalender für heute eingetragen hat. »Wenn dein zweiter Name »Fucking Asshole« ist, dann ja.«

Die Muskeln seiner Wangen zucken kurz, ansonsten lässt er sich nichts weiter anmerken. Er lehnt sich im Sessel zurück und schlägt die Beine übereinander. »Dann bist du jetzt also die neue Lektorin«, stellt er fest. »Vielleicht erklärst du mir dann, warum ich hierher kommen sollte und du nicht in mein Büro kommen konntest?«

Jen bringt zwei Tassen Kaffee in das Büro, geht schweigend auf meinen Schreibtisch zu, zwinkert lächelnd und stellt die Tassen vor mir ab. Sie bleibt so vor dem Schreibtisch stehen, dass Logan nur ihren Hintern in dem engen Kostüm sehen kann, was dieser ausnutzt und Jens Rundungen einer genaueren Musterung unterzieht. Ich verenge meine Augen zu Schlitzen und muss mich zurückhalten, nicht etwas zu sagen. Jen räuspert sich und ich sehe fragend zu ihr auf. »Wenn ich dich retten soll, sag es«, flüstert sie tonlos.

»Ich komm klar«, flüstere ich zurück. »Fucking Asshole und ich sind alte Bekannte«, sage ich jetzt etwas lauter. Jen wirft mir einen erstaunten Blick zu, der mir sagt, dass sie später mehr wissen will, bevor sie sich abwendet und ohne Logan zu beachten, das Büro verlässt.

»Ich könnte ein Date mit ihr und ihrem Arsch ausmachen«, sage ich, nachdem Jen die Tür geschlossen hat.

»Nicht nötig, ich habe keine Dates. Nur Sex.« Er lehnt sich nach vorne und nimmt sich eine der Tassen vom Schreibtisch.

Kurz erwäge ich, ihn zu warnen, aber dann entscheide ich mich dagegen und setze nur ein förmliches Lächeln auf. Logan lehnt sich wieder zurück, bläst kurz in die Tasse, dann nimmt er einen großen Schluck ... und nichts passiert. Kein Husten, kein Rotwerden, kein verlegenes Räuspern. Er setzt die Tasse einfach noch einmal an und nimmt zwei weitere Schlucke, während ich jede Regung genau beobachte. So genau, dass ich sehen kann, wie sein Adamsapfel sich bewegt. Als er mich wieder ansieht, zieht er verwundert eine Augenbraue hoch. Ich blinzle und sehe nach unten auf meine Notizen.

»Also, warum bin ich hier?«

»Ich habe mir das Manuskript und Coras Notizen angesehen. Ich muss gestehen, in den meisten Punkten stimme ich mit Cora überein.«

»Ich nicht«, sagt er mit einer Härte in der Stimme, die mich frösteln lässt. »Ich lasse nicht zu, dass ihr aus reiner Profitgier meine Mutter zum Jagdopfer für die Pressegeier da draußen macht.«

»Wie kommst du darauf?«

»Weil es das ist, was passieren wird. Ich bin mit diesen Idioten aufgewachsen und wenn dieses Buch auf den Markt kommt, dann macht ihr meine Mutter zu einer Verfolgten.«

Ich verstehe Logans Einwände, das muss ich leider zugeben. Ein paar der Dinge, die in diesem Buch über sie stehen, sind recht heikel und könnten wirklich zum Problem für sie werden. Andererseits ist es Richard wichtig, dass dieses Buch den Nerv des Marktes trifft und möglichst nah an der Wahrheit bleibt. Und Logans Vater hat nicht an Beweisen gespart. Der Ordner ist dick gefüllt mit Bildmaterial. Ich rutsche unbehaglich auf meinem Stuhl herum. Fällt es mir schwerer hart zu bleiben, weil Logan mir gegenübersitzt oder wäre mir das auch bei jemand anderem so gegangen? Aber ich muss mich auch in meinem Job beweisen und kann nicht sofort beim ersten Projekt gegen die Wünsche des Verlags arbeiten.

»Wie denkt denn deine Mutter darüber?«

»Ich halte sie aus der Sache raus, sie hat genug mit meinem Vater durch.« Sein Blick trifft kurz meinen, dann beobachtet er wieder meine Hände, die nervös einen Bleistift foltern.

»Das halte ich für keine gute Idee.«

»Ich schon. Mein Vater wohl auch, sonst hätte er nicht mir diesen Müll angehängt, sondern ihr.«

Aus dem Manuskript weiß ich, dass Logan seit Jahren keinen Kontakt mehr zu seinem Vater hatte. Sie sind im Streit auseinandergegangen, nachdem Logan ihm an den Kopf geworfen hat, die Schuld an der Depression seiner Mutter zu tragen. Nachdenklich mustere ich Logan, dessen ganze Haltung Abwehr ausdrückt. Er blockiert das Projekt nicht nur, um seine Mutter zu schützen, wird mir plötzlich klar. Es ist sein letzter Versuch, seinem Vater die Stirn zu bieten. Ich stehe von meinem Stuhl auf und gehe um meinen Schreibtisch herum, um mich auf der anderen Seite, nur wenige Zentimeter von Logan entfernt, gegen die Tischplatte zu lehnen. Logans Blick streift meinen Körper, bleibt am tiefen Ausschnitt meiner Bluse hängen, deren obere Knöpfe geöffnet sind. Er zieht fragend eine Braue hoch.

Ich setze ein hoffentlich entspanntes Lächeln auf. »Ich denke, dein Vater wollte dich damit nicht verärgern. Vielmehr wollte er, dass du ihn besser verstehst.«

»Was gibt es daran nicht zu verstehen? Er hat meine Mutter all die Jahre mit jedem Groupie betrogen, das sein Höschen schnell genug loswerden konnte.«

»Das ist es, was du glaubst?«, frage ich erstaunt. Plötzlich wird mir klar, Logan hat keine Ahnung von dem, was wirklich in dem Manuskript steht. »Wie viel aus dem Buch hast du gelesen?«

»Genug«, sagt er knurrend, stürzt den Rest seines Kaffees herunter und steht auf. Er bleibt direkt vor mir stehen, beugt sich leicht zur Seite und stellt die Tasse ab. »Ich kenne die Gerüchte, ich brauche den Müll nicht lesen. Seit Jahren versucht sogar meine Mutter, mir einzureden, dass mein Vater nicht der ist, für den ich ihn halte.«

»Und für wen hältst du ihn?«, frage ich ungehalten.

»Für den Mann, der meine Mutter in eine Depression gestoßen hat. Die Sachen, die meine Mutter betreffen, kommen raus.«

»Wir können sie nicht rausstreichen, sie war seine Frau. Das würde Fragen aufwerfen und bestimmt auch nicht besser für sie ausgehen, als wenn wir sie drin lassen.«

Logan kneift die Augen zusammen, er ist mir so nah, dass ich nicht wage, auszuatmen. Dann zerreißt das Klingeln des Telefons die Stille, katapultiert mich zurück in die Wirklichkeit, noch bevor ich überhaupt richtig in den Tiefen dieser faszinierenden Augen abtauchen kann. Ich greife hinter mich, stoße den Atem aus und nehme das Telefon ab.

»Hope Atwood, Connor Verlag, guten Tag«, sage ich und drehe mich wieder nach vorne. Logan steht noch immer vor mir, sieht mir mit Hitze im Blick direkt in die Augen. Meine Finger halten zitternd das Telefon, und ich muss darum kämpfen, mich auf die Stimme am anderen Ende zu konzentrieren.

»Larry Fraser, hallo Hope. Ich melde mich wegen des gemeinsamen Abendessens.« Schweiß tritt auf meine Stirn und meine Kehle wird plötzlich ganz trocken. Larry Fraser ist ein ehemaliger Mitschüler. Wir sind hier in Glasgow zusammen zur Schule gegangen. Er hat mich vor ein paar Wochen auf Facebook kontaktiert. Seither schreiben wir regelmäßig. Es ist sein Thriller, den ich gerade privat lektoriere.

»Hallo Larry«, begrüße ich ihn. Logans Blick verfinstert sich. Ist das sein Körper, der eine so gewaltige Hitze ausstrahlt? Ich habe das Gefühl, dass es plötzlich viel wärmer im Raum geworden ist. Mein Puls rast wie ein Schnellzug. »Das Abendessen, genau«, sage ich.

Logan runzelt die Stirn, dann schüttelt er in einer Verneinung den Kopf und setzt einen Gesichtsausdruck auf, der mich zittern lässt. Warum ist er so sauer? Ich habe das Bedürfnis, vor ihm zurückzuweichen, da ich aber den Schreibtisch an meinem Hintern habe, kann ich nicht weiter zurück.

»Ich wollte nur wissen, ob unser Termin am Freitag noch steht?«

»Ehm ... also ... ja«, stammle ich. Wir haben den Termin schon vor meiner Heimkehr ausgemacht. Noch bevor ich wusste, dass wir alle im *Destiny* eingesperrt werden würden. Vielleicht hätte ich den Termin auch abgesagt, aber nicht bei dem Blick, den Logan mir jetzt zuwirft. Er versucht mich mit seinen Augen und dieser grimmigen Maske niederzustarren. Und ja, er wirkt im Moment noch furchteinflößender, aber das darf ich ihm nicht durchgehen lassen. Er muss wissen, dass er nicht über mein Leben bestimmen kann. Außerdem, wenn ich die Biografie seines Vaters nicht so hinbekomme, wie sie der Verlag will, weil Logan sich sträubt, dann brauch ich vielleicht etwas, um mein Versagen wiedergutzumachen. »Ja, am Freitag Abend um acht.«

Logans Blick wird noch finsterer, das muss ich wirklich bewundern, denn ich hätte nicht gedacht, dass das überhaupt möglich ist. »Ich sagte Nein«, flüstert er. Zur Antwort zucke ich mit den Schultern und stülpe trotzig die Lippen.

»Danke, dann bis morgen«, meint Larry, aber ich höre ihm kaum noch zu, stattdessen schiebe ich mich seitlich am Schreibtisch entlang von Logan weg und lege das Telefon auf. Ich gehe um den Schreibtisch herum und setze mich wieder.

»Ich sagte Nein«, wiederholt Logan.

»Und ich wüsste nicht, wo das Problem liegen soll, wenn ich direkt von der Arbeit weg zu einem Essen gehe.«

»Du bekommst ein Treffen mit meiner Mutter, wenn du dich an meine Regeln hältst«, schlägt er jetzt vor und stützt sich schwer auf dem Schreibtisch auf. »Das heißt, direkt nach der Arbeit nach Hause, keine Spaziergänge in der Stadt oder sonst wo. Keine Dates.«

»Keine Dates?«, hake ich nach. Ein Treffen mit seiner Mutter wäre wirklich wichtig. Das würde die Biografie vielleicht endlich voranbringen, wenn ich es schaffe, seine Mutter davon zu überzeugen, mich zu unterstützen. Andererseits bin ich niemand, der Versprechen nicht hält. Und ich habe Larry dieses Treffen versprochen. Ihm liegt wirklich viel an dieser Sache. Genau genommen ist das Treffen mit Larry ja auch kein Date. Und Logan hat nur Dates untersagt. »Also gut. Ich darf deine Mutter treffen und halte mich dafür an deine verdammten Regeln.«

Logan lächelt zufrieden. »Dann werde ich sie anrufen und etwas ausmachen.«

5. Kapitel

Destiny

Ich habe es vermisst! Mehr noch als mir klar gewesen ist in den letzten vier Jahren. Doch jetzt weiß ich es, ich will das hier nie wieder aufgeben müssen. Es fühlt sich gut an, all die Menschen um mich herum zu haben, die mir wichtig sind. Ich sitze zwischen meiner Mutter und Ivy und es fühlt sich genau so an wie ich es in Erinnerung habe. Ivy reicht mir die Schüssel mit dem Rührei und Melly, eine der Köchinnen, geht um den Tisch herum und schenkt Kaffee aus. Candy lässt uns an ihrem letzten Treffen mit einem Anwalt teilhaben und alle lachen, als sie erwähnt, dass es sein erstes Mal mit einem Callgirl war und er so nervös war, dass er einen Frühstart hingelegt hat.

Meine Mutter mustert mich von der Seite, aber ich gebe mich ganz locker, so als würde ich ihren Blick nicht bemerken. Sie hat sich noch immer nicht daran gewöhnt, dass die Mädchen dazu übergegangen sind, mich auch an den intimen Details ihres Berufs teilhaben zu lassen, jetzt, wo ich nicht mehr das Kind bin, für das diese Art Gesprächsstoff tabu ist. Ich weiß, meine Mutter will in mir kein sexuelles Wesen sehen. Der Gedanke, ich könnte an den falschen Mann geraten, lässt sie erstarren. Aber sie muss sich damit abfinden, dass ich keine Nonne bin und dass ich meine eigenen Erfahrungen machen muss.

»Ich war in London fast die ganze Zeit mit einem Genie zusammen«, werfe ich deswegen ein. Sie soll wissen, dass auch ich keine Jungfrau mehr bin, vielleicht fällt es ihr dann leichter loszulassen. »Er war auch alles andere als ein Freund mit Durchhaltevermögen zu Beginn unserer Beziehung. Und er stand darauf, wenn ich es mir vor seinen Augen selbst gemacht habe. Das war auch so ziemlich das Aufregendste in unserer Beziehung.«

Adrienne keucht erschrocken auf, während meine Freundinnen lauthals anfangen zu lachen und Logan vor Schreck fast der Kaffee wieder aus der Nase kommt. Hustend wischt er sich den Mund mit einer Serviette trocken, dabei saugt sich sein Blick regelrecht auf mir fest und jagt heiße Wellen durch mich hindurch. Dieser Blick ist kein bisschen brav. Ich kann in seinen Augen lesen, dass er sich gerade vorstellt, mein Ex-Freund zu sein und mir zusehen zu dürfen. Ich lecke mir langsam über die Lippen. Ja, ich will ihn provozieren. Will ihn mit meinem Blick verführen, ihn dazu bringen, sich zu wünschen, wir beide wären allein.

Was ist nur los mit mir? Warum ist alles, was in seiner Nähe von mir übrig bleibt, eine Frau, die sich nach Dingen sehnt, die sie nur aus ihren geheimsten Träumen kennt. Mein Ex-Freund ist vielleicht älter als ich, aber mir zuzusehen, war das Experimentierfreudigste an ihm. Ansonsten war unser Sex eintönig, nichts Besonderes. Aber bis ich Logan Davonport begegnet bin, habe ich auch nicht darüber nachgedacht, ob Sex noch anders sein könnte, als das mechanische Rein und Raus, auf das Steve sich beschränkt hat. Zwar zärtlich und liebevoll, aber alles andere als erfüllend. Jetzt frage ich mich, ob da nicht noch mehr ist. Und ich frage mich, wie es sein kann, dass ein Mann wie Logan mich so sehr anzieht, obwohl ich ihn nicht einmal mag. Obwohl schon sein Anblick in mir Zorn und Entrüstung auslöst. Und ein Kribbeln tief unten zwischen meinen Schenkeln, das mir zuflüstert mit ihm Sex zu haben, wäre alles andere als unbefriedigend. Ich bin mir sicher, er würde mich zum Orgasmus bringen. Steve hat das nicht geschafft. Er hat meine Klitoris links liegen lassen, während er meinen Hafen aufgesucht hat, ohne mich mitzunehmen. Irgendwohin.

»Und später?«, hakt Gema nach und schiebt sich ihre Gabel in den Mund.

Ich grinse. »Es hat nicht für einen Rekord gereicht und schon gar nicht für einen Orgasmus.«

»Du hättest ihn mit herbringen sollen, wir hätten ihn eingewiesen für dich.« Sie lacht und ein paar der anderen Mädchen fallen mit ein. Logan und meine Mutter finden das gar nicht witzig.

»Okay«, unterbrach Adrienne mich. »Wir sollten uns überlegen, wie wir den Escortservice in den nächsten Wochen regeln wollen. Wir haben Buchungen, aber es wäre nicht gut, wenn ihr mit einem Bodyguard an eurer Seite bei einem Treffen auftauchen müsst. Und ich will bitte nichts mehr von dem hören, was ich eben hören musste.« Sie sieht mich mahnend von der Seite an.

»Geht mir auch so«, murmelt Logan und wirft die Serviette auf den Tisch. »Ihr solltet den Außendienst einstellen.«

Ethan nickt bestätigend und Dimitri macht wie immer ein grimmiges, abwesendes Gesicht. Und das, obwohl ich sehen kann, dass Ivys Hand sich gerade auf seinem mächtigen Schenkel nach oben schiebt. Der Mann muss Eis in seinen Adern haben. Oder Granit in dieser Jeans, denn die Berge, die sich durch den Stoff seiner Hose drücken, können unmöglich nur Oberschenkelmuskeln sein. Wo ist eigentlich Wesley Snipes?

»Das geht nicht«, entgegnet Belle ernst. »Der Escortservice ist unsere Haupteinnahmequelle.«

»Dann müsst ihr damit vorliebnehmen, dass meine Männer euch begleiten.«

»Mir ist alles recht, wenn ich Dimitri mitnehmen darf. Er ist so knuddelig.« Ivy himmelt den Russen aus ihren blauen Augen an. Der bringt zumindest ein unbestimmtes Knurren zustande. Nur bin ich mir nicht sicher, ob das Knurren Ivys Hand in unmittelbarer Nähe seines Schritts meinte oder die Vorstellung, Ivy zu einem Treffen zu begleiten, ihm zu viel ist. Weiß er, dass Ivy gar nicht auf Treffen geht? Oder ist das auch eins der Dinge, die sich geändert haben?

»Ich sag es nur ungern«, mischt Sina sich ein. »Aber vielleicht sollten wir die Termine absagen. Ich geh das Risiko, diesem Arschloch zu begegnen, nicht noch einmal ein. Ich bin fertig mit ihm und mit allem, was er bedeutet.« Sina ist eine der ältesten im Haus. Sie lebt schon ungefähr so lange hier wie meine Mutter. Wenn jemand all die Geheimnisse kennt, die meine Mutter mit sich herumträgt, dann sie. Sina ist so etwas wie die beste Freundin hier im Haus. Sie unterstützt meine Mutter, kümmert sich um die Mädchen und Besorgungen, macht Termine und trifft sich mit Geschäftskunden.

»Wenn wir die Termine nicht einhalten, verlieren wir Kunden.« Adrienne reibt sich mit beiden Händen über das Gesicht. »Wir geben die Termine an Selina weiter, dann kann uns niemand vorwerfen, wir würden uns nicht an Verträge halten.« Selina war früher Teil des *Destiny*, bis sie sich mit ihrem eigenen Service selbstständig gemacht hat.

»Gute Idee.« Ethan grinst wie immer glücklich und zufrieden in die Runde. Wo holt dieser Mann nur all die rosa Wolken her, die ihn immer umgeben?

»Hope und ich wollten morgen einkaufen gehen. Wir wollen ein Kleid für ihr Date kaufen.« Ivy zwinkert mir zu. Wir haben uns vorhin kurz über Larry unterhalten und ich habe ihr von Logans Reaktion erzählt, und dass ich nicht daran denke, Larry abzusagen.

Logan funkelt mich an. Er denkt wohl noch immer, das wäre keine gute Idee. Und ich denke noch immer: Wen interessiert es? Larry und ich treffen uns in aller Öffentlichkeit, was soll da schon passieren? Und ich kann nicht mein komplettes Leben einmotten, wegen irgendetwas, das vielleicht passieren könnte, nur weil jemand eine Drohung ausgesprochen hat, der zufällig leider auch ein Mörder ist. Aber der Mann kennt mich doch gar nicht, also wozu die Aufregung? Warum sollte er ausgerechnet mir über den Weg laufen? Und selbst wenn, er weiß gar nicht, wer ich bin.

»Oh ja, ich treffe mich mit Larry. Wir waren zusammen in der Schule«, kläre ich alle Anwesenden auf. »Wir gehen Essen. Und da brauch ich ein Kleid.« Ich erwähne nicht, dass ich eins brauche, weil die meisten meiner Sachen mir nicht mehr passen, weil ich um die Hüften herum in den letzten Jahren etwas angeschwollen bin. Jeder, der mich von früher kennt, kann das selbst gut sehen.

»Der Larry, in den du schon in der sechsten Klasse total verknallt warst?«, will Belle kichernd wissen.

Ich spüre die Hitze in meine Wangen schießen. Genau den Larry meine ich. Ich habe zwar nie jemanden mitgebracht und war auch nicht besonders beliebt, aber gegen die Hormone kam ein Mädchen nun mal nicht an, also habe ich damals ständig und ununterbrochen allen erzählt, wie toll und lieb und nett dieser Larry doch wäre. Und natürlich blieb niemandem verborgen, dass ich bis über beide Ohren in diesen Typen verschossen war. Weswegen ich irgendwie auch jetzt etwas hibbelig bin wegen unseres bevorstehenden Treffens. »So ist das nicht, das Treffen ist beruflich. Er ist Autor und ich seine Lektorin.«

»Oh, sie steht noch immer auf ihn. Sie wird ganz rot.« Liv wirft kichernd eine zusammengeknüllte Serviette nach mir. Ich weiche dem Wurfgeschoss aus und verschütte dabei meinen Kaffee, der sich über den halben Tisch verteilt. Ivys Babydoll wird nass, sie quiekt auf, nimmt sich ein Brötchen und wirft es Belle an den Kopf.

»Das ist zwar keine Kissenschlacht, aber mindestens genauso gut«, meint Ethan und freut sich, als Ivy ihr Babydoll über ihren Kopf zieht und nur noch mit einem Slip bekleidet am Tisch steht. Sie wirft den rosa Stoff zu Ethan, doch Dimitri fängt ihn in der Luft auf und kneift bedrohlich die Augen zusammen. Er steht auf, schnappt sich Ivy und zerrt sie aus dem Esszimmer. Habe ich was verpasst?

»Das ist jetzt wirklich schade«, sagt Ethan bedauernd und sieht mit Schmollmund Ivy hinterher. »Mädels, wie wäre es, wenn ihr es wie Ivy macht? Der Spaß kann doch noch nicht vorbei sein?«

»Ethan, mach die Augen auf. Niemals kannst du es mit uns allen aufnehmen.« Liv wirft ihm ihre Serviette an den Kopf, schnappt sich ein Brötchen und feuert es hinterher. Ethan fängt es auf und beißt herzhaft rein. Alle am Tisch lachen und ich weiß, dass nichts da draußen es schafft, die Bewohner dieses Hauses wirklich zu verängstigen. Nur meine Mutter und Logan wirken noch immer angespannt.

»Mädchen, 17:00 Uhr«, sagt meine Mutter und klatscht in die Hände, damit sie gehört wird. Die Mädchen stöhnen, stehen aber auf und verlassen den Raum, um nach unten zu gehen.

»Ich werde mich dann mal Charly Walkers Ausschweifungen widmen«, sage ich und wackle mit den Augenbrauen. Logan feuert ein paar Pfeile aus seinen Augen auf mich ab, aber ich störe mich nicht an diesem hasserfüllten Blick. Ist doch nur Logan

Davonport, der Sohn, der verhindert, dass ich mein erstes Projekt beenden kann.

Der Schreck fährt mir durch alle Glieder, als es an meiner Tür klopft, so vertieft war ich in das Manuskript. Die letzten Seiten beschreiben einen zerbrochenen Mann, verlassen von Freunden, seinem Sohn, kaputt und abhängig von allerlei Medikamenten, Drogen und Alkohol. Und der einzige Wunsch, den dieser Mann am Ende seines Lebens noch hatte, war, dass sein Sohn ihm verzeiht. Ich lege das Manuskript auf meinem Schoß ab und sehe zur Tür. »Herein.«

Die Tür öffnet sich langsam und Logan tritt ein. Sein Blick gleitet über mich. Ich sitze in meinem Bett, gegen das Kopfende gelehnt, mein Rock ist mir über die Oberschenkel nach oben gerutscht und in dem Moment, wo Logans Blick über meine nackten Beine gleitet, bemerke ich das. Ich zupfe am Saum und versuche den Stoff weiter nach unten zu ziehen, was ziemlich kompliziert ist, da ich mit meinem Hintern auf dem Rock sitze. »Was willst du?«, frage ich ungehalten.

Logan kommt rein und schließt die Tür hinter sich. In meinem Magen breitet sich ein heißes Flattern aus. »Ich hab versprochen, wenn du dich an die Regeln hältst, dann helfe ich dir.«

»Oh, du willst mir helfen?«

Logan kommt näher und bleibt neben dem Bett stehen. In dem Moment wird mir nur allzu bewusst, dass wir beide uns in demselben Raum befinden und ich auf einem Bett sitze. Wieso denke ich schon wieder über solche Dinge nach? »Nicht wirklich«, entgegnet Logan. »Du hast auch nicht vor, dich an die Regeln zu halten.«

»Es ist ein Treffen in der Öffentlichkeit, was soll schon passieren?«

»Sag es ab und ich helfe dir. Glaubst du wirklich, dass einer der schlimmsten Kriminellen dieser Stadt davor Halt macht, etwas zu unternehmen, nur weil es Zeugen geben könnte? Dieser Mann hat Handlanger, die jederzeit für ihn in den Knast wandern würden.« In Logans Gesicht kann ich ablesen, dass das sein Ernst ist. Aber ich bin auch nicht bereit, das Treffen mit Larry aufzugeben. Nicht nur wegen seines Buches, auch wegen der Gefühle, die ich einmal für ihn hatte. Ich würde ihn gerne wiedersehen. Und wer weiß, im Moment würde ich alles tun, was mir dabei hilft, diese Gedanken aus meinem Kopf zu bekommen, die dafür sorgen, dass ich mich mit Logan zusammen auf dieser Matratze sehe.

Ich darf diese Gefühle einfach nicht zulassen. Weil das besser für mich wäre. Ich bin nicht soweit, mich an einem Mann wie Logan zu verbrennen, auch wenn mein Körper mir ständig andere Befehle gibt. Und es wäre besser für meine Mutter, denn im Moment scheint sie Logan und seine Männer wirklich zu brauchen. Ich spüre ihre Anspannung. Sie hat Angst vor diesem Irren, da ist mehr als das, was sie mir erzählt hat. Und sie scheint Logan zu vertrauen, dass er die Mädchen beschützen kann. Es gibt also eine Menge Gründe, warum ich ignorieren sollte, dass mir ganz heiß und kribbelig wird, wenn er mich auf diese Art ansieht, die keinen Zweifel daran lässt, dass auch seine Gedanken nicht frei von Nacktszenen sind.

Ich stecke also in einer Zwickmühle. Ich muss diese Biografie fertig bekommen und ich muss mich von Logan Davonport ablenken. Das heißt, ich muss etwas tun, worin ich nicht gut bin. Ich muss lügen.

»Also gut. Unter der Voraussetzung, dass du mir sofort hilfst.« Und ich muss den letzten Wunsch eines Toten erfüllen. Seinen Sohn dazu bringen, ihm zu verzeihen.

Logan runzelt die Stirn. »Jetzt gleich?«

»Ja.« Ich klopfe auf das Bett neben mich, noch bevor ich mir überlegt habe, dass das keine gute Idee ist. Aber Logan nickt steif und rutscht auf der Matratze neben mich. Ich halte den Atem an. Was hab ich mir nur dabei gedacht?

»Ich ändere meine Meinung nicht über die Sachen, die über meine Mutter da drin stehen.« Er lehnt sich neben mich an das Kopfende und ich seufze innerlich.

»Okay«, sage ich vorsichtig. »Welche Sachen findest du denn gut?«

Logan beginnt lauthals zu lachen, dabei sieht er mich an und ich denke, das ist das erste Mal, dass ich ihn wirklich lachen sehe, auch wenn es ein sarkastisches Lachen ist. »Ich hab das noch immer nicht gelesen.«

Ich stutze und sehe ihn verwirrt an. »Und, willst du irgendwann mal? Wenn möglich bald.«

»Nein, mein Vater interessiert mich nicht.«

»Aber woher weißt du denn dann, was über deine Mutter in der Biografie steht?«

»Ich weiß es nicht.«

»Was hat dein Vater getan? Warum hasst du ihn so sehr?« Wenn ich Logans Reaktion sehe, dann wird mir jetzt klar, warum Charly Walker nur Tage vor seinem Tod nur diesen einen Wunsch kannte; dass sein Sohn ihm irgendwann verzeihen kann. Leider steht in der Biografie nicht, warum Logan seinen Vater so sehr hasst, dass der sogar im Testament verfügen musste, dass sein Sohn die Biografie beendet.

»Wenn das nicht da drin steht, dann hat er es wohl nicht verstanden. Es ist das, was er aus meiner Mutter gemacht hat. Eine Frau, die ihr ganzes Leben für einen Mann weggeworfen hat, der sie nie geliebt hat. Selbst jetzt nach seinem Tod quält sie sich weiter, lebt in seiner Villa und schluckt Antidepressiva, um nicht den Verstand zu verlieren.«

Ich schüttle widerwillig den Kopf. »Nein, das stimmt nicht. Er hat sie wirklich geliebt.«

»Behauptet er das? Warum treibt es ein Mann, der seine Frau liebt, dann mit sämtlichen Groupies, die die Beine für ihn breit machen?«

Verdutzt sehe ich ihn an. Er weiß scheinbar nichts von der Abmachung, die Charly Walker mit seiner Frau getroffen hat. Plötzlich habe ich das Bedürfnis, Charly Walkers letzten Wunsch in Erfüllung gehen zu lassen. Er wollte, dass sein Sohn sich mit seinem Leben beschäftigt. Das war der Grund für diese Biografie. Deswegen sollte Logan sie beenden, damit er seinen Vater besser versteht. Ihn und seine Taten vielleicht in einem anderen Licht sieht. Auch wenn ich unmöglich alles ungeschehen machen

kann, ihm die Drogen, den Alkohol und die unzähligen Skandale nicht erklären kann. Aber ich kann
versuchen, seinem Sohn seinen Vater wiederzu-
geben. Denn ich habe das Gefühl, dass Logan schon
viele Jahre vor Charlys Tod keinen Vater mehr hatte.

»Darf ich dir etwas vorlesen? Etwas, das beweist,
dass dein Vater deine Mutter geliebt hat.« Für den
Anfang sollte dieses Kapitel in Walkers Leben reichen. Zum Sexdeal kommen wir vielleicht später.

»Ich denke nicht, dass das etwas ändern wird,
aber versuch es«, sagt Logan, dabei sieht er mich mit
einem breiten Grinsen an. Seine Hand liegt neben
meinem Oberschenkel und sein kleiner Finger berührt ganz leicht meine nackte Haut. Ich erschaudere, als er beginnt Kreise zu malen. »Oder wir tun
etwas, das mehr Erfolg verspricht«, flüstert er rau
und schickt heiße Wellen durch meinen Körper.

Einen Augenblick lang bin ich ernsthaft versucht,
über ihn zu krabbeln, meine Hände auf diese wundervollen Brustmuskeln zu legen und all die Dinge
mit ihm zu tun, die schon seit meiner Ankunft in
meinem Kopf herumschwirren. Stattdessen räuspere
ich mich, stoße seine Hand beiseite und fange an,
Logan die Lovestory seiner Eltern vorzulesen.

Logans Mutter Hannah war das Mädchen von
nebenan. Ihre Eltern und sie lebten in einer wundervollen Villa am Stadtrand. Gleich an das Grund-
stück grenzte eine Bungalowsiedlung, in der Charly
lebte. Ein Junge, der außer Gewalt und einer drogen-
abhängigen Mutter nur seine Gitarre kannte. Er hielt
sich und seine Mutter mit Einbrüchen und Auto-
diebstahl über Wasser. Nebenbei gründete er mit

ein paar anderen Jungs aus der Siedlung eine Band. Eines Tages ist er in das Haus von Hannah und ihren Eltern eingebrochen. Ihre Eltern waren verreist, aber Hannah wollte nicht mit. Hannah war schon damals nicht glücklich. Hat ihren Eltern das Leben schwer gemacht, getrunken, sich auf gefährliche Kerle eingelassen. Charly war zu Beginn auch nur Mittel zum Zweck. Sie hat ihm den Schmuck ihrer Mutter gegeben, aber Charly hat abgelehnt. Stattdessen hat er sich an dem Abend in sie verliebt. Sie war anders als die Mädchen, die er kannte. Und trotzdem irgendwie kaputt. Das hat er sofort bemerkt und hat sich vorgenommen sie zu heilen.

Statt sich heilen zu lassen, hat sie sie beide immer wieder in Schwierigkeiten gebracht. Logans Vater musste sie immer und immer wieder retten. Und das hat er gern gemacht. Und dann ist sie schwanger geworden von ihm mit gerade einmal sechzehn. Charly war achtzehn, hatte mit seiner Band ein paar unbedeutende Gigs und irgendwann kurz vor der Schwangerschaft wurde er entdeckt, bekam einen Vertrag und seine erste Tournee, während Hannah bei ihren Eltern rausflog, als die von dem Baby erfuhren. Sie hat das Baby zur Adoption freigegeben, ist in Charlys Bungalow gezogen, hat sich um seine Mutter gekümmert, während er mit seiner Band auf der ersten Tour war. Charly hat erst Jahre später von seiner Tochter erfahren.

Während ich Logan all das vorgelesen habe, hat er mehrmals tief eingeatmet. Jetzt sieht er mich nachdenklich an, die Stirn tief gefurcht. Ich möchte ihn fragen, ob er davon wusste, aber ich will abwarten, bis er mir ein Zeichen gibt, dass er darüber reden will. Deswegen lehne ich mich wieder zurück und schweige. »Ich hatte keine Ahnung, dass ich eine Schwester habe«, sagt er heiser.

Ich nicke, starre weiter an die Decke und greife nach seiner Hand, um sie zu drücken. Das hatte ich vermutet. »Dein Vater auch nicht. Ich glaube, deine Mutter hat schon damals Probleme gehabt. Nicht erst seit sie mit deinem Vater zusammen ist«, sage ich zögernd und sehe zu ihm rüber. Er wirkt noch immer nachdenklich. »Sie war schon vorher depressiv. Ich habe mittlerweile alles gelesen. Dein Vater hat ihr immer wieder geholfen. Selbst später noch. Er hat Tourneen abgebrochen, um zu ihr zu fliegen und ihr zu helfen. Irgendwann ist er unter dem Druck zusammengebrochen.«

Logan steht plötzlich vom Bett auf, dann sieht er auf mich herab. »So ist meine Mutter nicht. Sie lebt vielleicht zurückgezogen, aber sie ist nicht so.«

»Lass uns mit ihr reden«, sage ich.

Er schüttelt den Kopf und verlässt das Zimmer. Ich glaube, das ist nicht so gelaufen wie ich es mir erhofft habe. Aber vielleicht braucht Logan auch nur Zeit, um über das nachzudenken, was er eben gehört hat. Vielleicht braucht er Zeit, um zu verstehen, dass seine Mutter eine bipolare Störung hat, von der er bis eben nichts wusste.

6. Kapitel

»Du kennst Logan Davenport wirklich?« Jen sieht mich ungläubig an, während sie die Karte des kleinen Cafés studiert in das sie mich nach der Arbeit geschleppt hat. Sie wollte unbedingt wissen, was sich da zwischen Logan und mir in meinem Büro abgespielt hat. Sie bestellt bei der Kellnerin einen Soja Latte für sich und einen Karamell Latte für mich. Bevor wir das Büro verlassen haben, hat sie sich im Damenwaschraum noch umgezogen. Jetzt trägt sie statt des bürotauglichen marineblauen Kostüms eine zerschlissene schwarze Jeans zu einem Paar klobiger hoher Lackstiefel und einem Bolerojäckchen mit Plüschkragen. »Ich will alles wissen.«

»So viel gibt es da nicht zu wissen, nur dass wir derzeit unter einem Dach leben.« Ich habe mich noch nie dafür geschämt, in einem Freudenhaus zu wohnen. Ich bin damit aufgewachsen, warum sollte ich also denken, dass das etwas Komisches wäre? Andere denken vielleicht, dass in einem Bordell zu leben komisch ist, aber das ist mir egal. Alles, was man Schlechtes darüber sagen könnte, habe ich schon gehört. Und würde es mich interessieren, was andere über mich denken, dann würde ich mich vielleicht auch dafür schämen, in so einer Umgebung aufgewachsen zu sein. Aber es interessiert mich nicht, was andere über mich denken. Zu dem

Schluss, dass das Leben so am einfachsten ist, bin ich schon in der Grundschule gekommen. Und es Jen zu sagen, da habe ich gar keine Bedenken. Sie ist witzig, intelligent, weltoffen. »Logan hat eine Security-Firma und das *Destiny* steht zurzeit unter seinem Schutz.«

Jen sieht mich verwirrt an. »*Destiny*? Schutz? Ist das ein? Eine Bar oder sowas?« Sie lehnt sich zurück, als die Kellnerin kommt, um unsere Getränke vor uns abzustellen.

Ich nehme den langstieligen Löffel von meinem Teller und rühre den Milchschaum unter den Kaffee. »Ein Nachtklub in dem nur Männer Zutritt haben. Meine Mutter hat das *Destiny* aufgebaut und ich bin dort aufgewachsen.«

Jen sieht mich erstaunt an, dann schüttelt sie lachend den Kopf. »Und Logan wohnt jetzt bei euch? Das ist bestimmt interessant.«

»Und ich hatte keine Ahnung, dass er Charly Walkers Sohn ist bis zu dem Moment, als er in mein Büro kam.«

»Er hatte bestimmt auch keine Ahnung, dass er dich dort antrifft«, sagt Jen grinsend.

»Und weißt du was, ich dürfte eigentlich nicht einmal hier sein. Er hat Regeln aufgestellt und wehe man hält sich nicht dran.«

»Das Beste an Männern, die es lieben, Frauen herumzukommandieren, ist doch, dass man sie so toll zur Weißglut bringen kann, indem Frau trotzdem tut, was sie will.«

»Ich glaube, wir Zwei werden gute Freundinnen«, sage ich mit einem zufriedenen Lächeln. Jen ist toll, so witzig und nett und wir verstehen uns richtig gut. Mit ihr als Assistentin ist es fast schon ein Kunststück, sich auf meine eigentliche Arbeit zu konzentrieren, weil sie ständig zum Plaudern in mein Büro kommt. Aber wenn es wichtig ist, dann greift sie mir auch unter die Arme und hilft mir, mich im neuen Job zurechtzufinden.

»Werden? Wir sind schon Freundinnen. Aber ich muss jetzt leider los, meine andere Freundin, die mit der ich nachts zusammen in einem Bett liege, wartet auf mich. Versprich mir, dass du mir alles über Logan erzählst. Ich spüre da eindeutige Schwingungen bei dir, wenn du von ihm sprichst. Der Sache müssen wir auf den Grund gehen.« Sie steht auf, legt einen Geldschein auf den Tisch und zwinkert mir zu. »Bist eingeladen.«

»Warte«, halte ich sie zurück. »Da sind keine Schwingungen.«

»Doch, sind sie.« Damit winkt sie mir zu und lässt mich verdutzt am Tisch zurück. Ich sehe ihr blinzelnd nach. Ich sollte morgen unbedingt richtigstellen, dass da nichts zwischen Logan und mir läuft. Das kann es gar nicht, immerhin habe ich ein Date mit Larry, an dem ich schon vor Jahren interessiert war. Und der mich retten wird vor den wirren Empfindungen, die dieser Logan in mir auslöst. Und um das zu unterstreichen, werde ich jetzt tun, was ich in diesem Einkaufszentrum ohnehin vorhatte, nämlich ein neues Kleid für meine etwas fülligeren Rundungen kaufen. Logan ist verboten, das darf ich nicht vergessen. Mein Kopf vergisst das auch nicht, aber weiter unten löst er Dinge aus, die es schaffen, dass ich meinen Kopf einfach abschalten will.

Ich schnappe mir meine Handtasche und gehe nach nebenan in das Modegeschäft mit dem großen Namen, das ich schon in London gerne besucht habe. Ich bin unschlüssig, was für eine Art Kleid ich kaufen soll. Etwas, das sexy ist und sagt: Wenn wir über dein Buch gesprochen haben, dann darf gerne noch etwas mehr laufen? Etwas, das sagt: Sieh an, wie toll ich aussehe, bin ich nicht gutes Freundinnenmaterial? Oder vielleicht doch lieber etwas, das gar nichts von alldem aussagt?

Und dann sehe ich dieses Kleid an einer Puppe, das meinen Puls schneller schlagen lässt und das mich sofort darüber nachgrübeln lässt, was Logan denken - nein, noch viel wichtiger: empfinden - würde, wenn er mich darin sehen würde. In Gedanken sehe ich mich in diesem Kleid. Ich streiche über meine Hüften und beiße mir auf die Unterlippe. Dann schüttle ich den Kopf. Dieses Kleid ist zu sexy für ein Nicht-Date. Es ist ein Abendkleid für einen besonderen Anlass. Zu viel für ein Dinner mit Larry. Aber ich kann den Gedanken nicht aus meinem Kopf bekommen, mich Logan in diesem Kleid zu zeigen. Ich will, dass er mich darin sieht, dass dieses Kleid die Mauer zwischen uns einreißt. Aber er würde mich nicht in diesem Kleid sehen, weil ich mich aus dem Haus schleichen muss und er nichts von Freitag wissen darf. Trotzdem, nur einmal anziehen, sage ich mir. Ich gehe zum Ständer daneben und suche mir ein Modell in meiner Größe heraus und nehme es mit in eine Kabine.

Nervös betrachte ich das Kleid noch einmal, aber warum zögere ich? Ich will es ja nur einmal anziehen. Nur mal sehen, ob es mir steht. Ich schlüpfe aus meinem Kostüm, mustere noch einmal den schwarzen Seidenstoff des Kleides, bevor ich es vom Bügel nehme. Der kühle Stoff gleitet sanft streichelnd über meine Haut. Irgendwie fühlt sie sich erhitzt an. Wahrscheinlich, weil all meine Sinne auf Logan ausgerichtet sind. Eigentlich sollte ich das Kopfkino sofort ausschalten, aber dieses eine Mal will ich es zulassen. Dieses eine Mal will ich mir vorstellen, wie es wäre, wenn Logans Hände mich so sanft streicheln würden, wie es der Stoff dieses Kleides gerade tut.

Ich streiche vorsichtig mit den Händen jede Falte heraus, bis das Kleid wie ein schimmernder Mitternachtshimmel an meinem Körper anliegt. Der Spiegel in der Kabine ist leider zu klein, er reicht nur bis zu den Oberschenkeln, also gehe ich nach draußen, wo ich mich vor den großen Spiegel stelle. Der Ausschnitt vorne ist verrucht tief. Er reicht bis in das Tal zwischen meinen Brüsten. Das Kleid schmiegt sich eng an den Körper und der Rock ist schräg geschnitten, reicht vom Oberschenkel des einen Beines bis hinunter zum Knie des anderen. Aber das Dekadenteste ist der Rücken, dessen Ausschnitt wie ein Wasserfall bis fast hinunter zum Ansatz meines Hinterns reicht.

Ich drehe und wende mich vor dem Spiegel und weiß genau, dieses Kleid kann ich unmöglich im Geschäft lassen. Ich muss es haben. Und ich muss einen Weg finden, es zu tragen, wenn Logan es sehen kann. Nur, um ihn vielleicht in den Wahnsinn zu treiben. Auch, wenn ich das nicht tun sollte, der innere Zwang, es trotzdem zu tun, ist einfach zu groß.

Ich betrachte mich noch einmal ausgiebig von oben bis unten und denke über einen Anlass nach, dieses Kleid recht bald tragen zu können. Neben meinem Gesicht taucht ein zweites im Spiegel auf und dieses sieht mächtig wütend aus. Logan knurrt mich an, dabei blitzen seine Augen auf. Er packt meinen Oberarm und zerrt mich in die Kabine zurück. In der Kabine drückt er mich gegen die Holzwand. Der Zorn und die Enttäuschung, die ihn umgeben, sind fast greifbar. Ich kneife die Lippen fest zusammen und versuche, ruhig weiter zu atmen. Er soll nicht merken, wie nervös er mich macht, wenn er so nah bei mir steht. Und mein Körper ist sich seiner Nähe sehr bewusst.

»Was glaubst du, tust du hier?«

Ich schlucke angestrengt, kann dabei den Blick nicht von seinem sexy wilden Gesicht lösen. »Ist das nicht offensichtlich? Ich kaufe ein Kleid.« Meine Hände sind flach gegen das kühle Holz gedrückt. Diese dünne Kabinenwand ist im Augenblick mein einziger Halt.

Ich unterdrücke ein Schaudern, als Logan einen Schritt zurücktritt und mich mustert. Sein Blick gleitet über meinen Körper wie eine Berührung, ich kann nicht verhindern, dass mein Atem sich beschleunigt und sich in mir ein Feuer entzündet, das ich eigentlich nicht empfinden sollte.

»Und was machst du hier?«, frage ich zornig, trotzdem plagt mich etwas das schlechte Gewissen. Ich kann die Enttäuschung in seinen Augen einfach nicht ertragen.

»In ein paar Wochen tritt hier im Center eine Sängerin auf, ich hab einen Vertrag unterschrieben.«

»Du beschützt Sängerinnen?«

»Unter anderem.« Sein Blick gleitet wieder über meinen Körper. »Und wozu glaubst du, brauchst du jetzt ein solches Kleid?« Er zeigt an mir runter, ich folge seiner winkenden Hand mit den Augen und in meinem Hals entsteht ein Kloß. Von den Dingen, die sich in meinem Kopf abgespielt haben, passiert überhaupt nichts. Er sieht mich an, aber er sieht nicht mich. Wahrscheinlich ist doch Logan der Mann mit dem Eiswasser in den Adern und nicht Dimitri. Logan Davonport scheint immun gegen mich zu sein. Und das macht mich wütend und verzweifelt. Natürlich weiß ich, dass zwischen Logan und mir nichts passieren darf, aber hätte er nicht wenigstens irgendeine Reaktion zeigen können? Eine winzig kleine, so wie am ersten Tag. Bevor er wusste, dass ich keins der Mädchen bin. Seither ist es als wäre jedes Interesse an mir in ihm erstorben. So als wäre er nur an mir interessiert gewesen, solange er glaubte, ich wäre ein Escortmädchen.

»Für mein Date mit Larry.«

»Auf das du nicht gehst«, sagt er ernst. »Und schon gar nicht so.«

»Was heißt hier, schon gar nicht so? Ich ziehe an, was ich will. Und ich will dieses Kleid mit Schuhen, die so hoch sind, dass ich kaum darin laufen kann.«

Ich stelle einen nackten Fuß auf die kleine Bank unter dem Spiegel und zeige auf meinen Fuß. Dabei rutscht der Rock meine Oberschenkel hoch und entblößt mich fast bis zu meinem Höschen. Logans Blick verfinstert sich und ich bekomme das Gefühl, dass gerade die Hölle zufriert. Aber ich ignoriere den Stein in der Magengrube, um Angst zu bekommen, bin ich viel zu aufgebracht. »Und weil ich nicht laufen kann, wird Larry mich auf seinen Armen tragen müssen.«

Das hat gesessen. An Logans Hals treten die Sehnen hervor und er beißt die Kiefer so fest aufeinander, dass ich die Muskeln in seinen Wangen zucken sehen kann. »Das ist kein Kleid, das ist ein Nachthemd«, sagt er rau und kommt langsam näher.

Ich presse mich gegen die Wand in meinem Rücken und atme zitternd ein. Wo ist die Wut in seinem Blick geblieben? Plötzlich lodert nur noch Hitze in diesen Augen, so heiß, dass ich sie überall auf meiner Haut fühlen kann. Logan stemmt seine Hände zu beiden Seiten meines Kopfes gegen das Holz. Seine Oberarmmuskeln treten unter dem dunklen Shirt mit dem Logo von *Davonport Security* hervor, spannen den Stoff der kurzen Ärmel fast bis zum Zerreißen.

»Du machst es mir nicht leicht. Du wirst diesen Larry nicht sehen.«

»Das hast du nicht zu bestimmen«, entgegne ich stockend, weil mein Puls so sehr rast, dass ich kaum genug Luft bekomme. Jeder Zentimeter Haut fängt an zu kribbeln, in meinem Unterleib tanzen Flam-

93

men. Ich will diesen Mann so sehr, dass ich mich regelrecht nach seiner Berührung verzehre. Ich lecke über meine Lippen, die sich trocken und heiß anfühlen.

»Du machst mich wahnsinnig«, sagt er und sein warmer Atem weht über meine Wange. Er senkt seinen Kopf, ich bekomme Panik. Mein Magen krampft heftig, ich möchte fliehen und gleichzeitig möchte ich ihn noch näher ziehen. Seine Lippen streichen über mein Ohr. Er atmet schwer. »Ich will mich in dir vergraben. Sag ja.«

Mein Herz macht einen Satz, mein Unterleib zieht sich vor Verlangen zusammen. Ich kann fühlen, wie die Lust meine Brüste schwer und heiß werden lässt. Wie meine Brustwarzen sich diesem Mann entgegen recken. Ich will ihn spüren, will, dass er diese brennende Sehnsucht in mir löscht. Das *Destiny* und Adrienne sind weit weg. Wer soll schon hiervon erfahren? Draußen vor der Kabine höre ich eine Frau reden. Dass sie dort draußen ist, während wir hier drinnen sind, Logan nur auf ein Zeichen von mir wartet, erregt mich noch mehr. Genau das hier ist es, was ich mir gewünscht habe. Jetzt weiß ich, dass es dieses aufregende Gefühl war, das ich in den letzten Jahren vermisst habe. Gefahr. Das ist es, was Logan Davonport bedeutet. Was mich so sehr an ihm reizt, dass ich alle Vorsätze vergesse. Ich sehe zu Logan auf, kralle meine Finger in den Stoff seines Shirts und ziehe ihn zu mir herunter.

»Worauf wartest du noch?«

Auf Logans angespanntes Gesicht tritt ein Lächeln. Er lässt eine Hand an meiner Seite nach unten gleiten, legt sie in meinen Rücken und zieht mich an seinen festen Körper. »Braves Mädchen«, flüstert er an meinem Hals, bevor seine Lippen heiß auf mein Ohr treffen. Seine Bartstoppeln kratzen über weiche, empfindliche Haut, seine Zunge streift zart die kleine Kuhle unter meinem Ohr. Ich lasse meine Hände über seine Brust streicheln und seufze leise auf, als ich die wohlgeformten Muskeln spüre, die sich unter meinen Fingern bewegen. Sein Herz hämmert gegen meine Handfläche, so heftig wie Buschtrommeln. So heftig wie mein eigenes. Er knabbert an meinem Unterkiefer entlang, dann löst er sich von mir und sieht mir in die Augen.

»Ich bin schon seit Tagen so verdammt scharf auf dich, dass ich an nichts anderes denken kann, als dich endlich zu schmecken.« Er legt eine Hand an meine Wange, sein Daumen streicht über meine Unterlippe. Diese zärtliche Berührung sorgt dafür, dass mir der Atem stockt. Ich lasse meine Zunge herausschnellen und berühre mit der Spitze seinen Daumen. Logan schließt die Augen, drängt seinen Daumen zwischen meine Lippen. Er stöhnt, als ich an ihm sauge.

»Küss mich«, flehe ich ihn an, als er die Feuchtigkeit auf meinen Lippen verteilt. Herausfordernd reibe ich meine Hitze an seinem harten Oberschenkel. Ich zerreiße, wenn er mir nicht endlich gibt, was ich mir so sehr von ihm wünsche. Das Blut rauscht in meinen Ohren. Ich flehe ihn mit meinen Augen an. Warum zögert er noch? Wir wollen das hier doch beide.

»Scheiß drauf«, stöhnt er und presst seine Lippen brutal auf meine. Ich keuche auf, als der Schmerz durch mich hindurchfährt. Habe nicht damit gerechnet, wie gut es sich anfühlt, auf so grobe Art geküsst zu werden.

Logans Zähne drücken sich in meine Unterlippe, ich sauge heftig an seiner. Er knurrt leise in meinen Mund, als ich ihn für einen hektischen Atemzug öffne. Seine Zunge drängt sich zwischen meinen Lippen hindurch und trifft auf meine. Sein würziger Geschmack überwältigt mich, ich muss mich an ihn klammern. Ich bin kaum in der Lage, ihm Widerstand zu leisten. Er verschlingt mich und ich begreife, dass ich diesen Feuersturm so sehr gebraucht habe, dass ich mich nie wieder mit weniger zufriedengeben werde. Logan Davonport fällt wie ein Orkan über mich her und er wird nichts mehr von mir übrig lassen.

Ich löse mich von seinem Mund und lege den Kopf in den Nacken, eine stumme Aufforderung, sich meinem empfindlichen Hals zu widmen. »Beiß mich«, wimmere ich und treibe meine Nägel in seine Schultern. Logan stöhnt auf, seine Erektion stößt gegen meinen Unterleib. Er senkt den Mund auf meinen Puls, lässt seine Zunge über die zarte Haut tanzen, bevor er sie zwischen seine Zähne saugt. Ich reiße die Augen auf und sinke gegen seine Brust, als seine Zähne meine Haut kneifen, er grob daran zieht und Schmerz sich brennend durch meine Adern arbeitet.

»Du scheinst ganz nach meinem Geschmack zu sein«, flüstert er heiser in mein Ohr. Ich schiebe die

Hände unter sein Shirt, ertaste die harten Rückenmuskeln, erkunde die Wölbungen seiner Bauchmus-
keln und kann ein glückliches Seufzen nicht unterdrücken.

»Du auch.« Ich reiße ihm das Shirt über den
Kopf. Seine Augen glühen. Vor der Tür unterhält
sich noch immer die Frau. Sie spricht recht laut, ich
weiß nicht mit wem, denn ich kann nur ihre zornige
Stimme hören. In meinem Magen zuckt es, als ich
mir vorstelle, dass sie uns atmen hört.

»Fass mich an«, befiehlt Logan. »Oder verwei-
gerst du auch diesen Befehl?«

Ich sehe mit einem listigen Grinsen zu ihm auf,
dann lege ich eine Hand grob auf seine Erektion. Ich
umfasse sie durch den Stoff seiner Jeanshose. Logan
stöhnt dunkel auf. Seine Hand wandert meinen
Oberschenkel nach oben. Kleine Flammen züngeln
über meine Haut und senden zuckende Blitze zwischen meine Beine. Ich dränge ihm meine Hüften
entgegen, fordere ihn auf, sich der Stelle zu widmen,
die dabei ist, mich in den Wahnsinn zu treiben. Er
berührt sanft mit einem Finger meine Hitze und ich
atme zischend ein.

Die Tür wird aufgerissen, ein Schrei gellt durch
die Kabine. Logan und ich sehen zur Seite und in die
Augen einer Frau in den Vierzigern. Ihr Blick ist
schockiert, ihr Mund öffnet und schließt sich aufgeregt, dann lässt sie die Tür wieder fallen und wir
hören sie hektisch nach einer Verkäuferin rufen.

Logan zieht mich an sich und küsst mich, dann
tritt er einen Schritt zurück. »Das war nett. Kauf das
Kleid«, sagt er, schnappt sich sein Shirt vom Boden

der Umkleidekabine, dann lässt er mich verdutzt stehen. So schnell ich kann, lasse ich das Kleid von meinem erhitzten Körper rutschen. Ich zerre eilig mein Kostüm über meinen Körper. Noch immer brennen meine Lippen, pulsieren und fühlen sich heiß und voll an. Meine Hände zittern, als ich mich anziehe und das klopfende Gefühl zwischen meinen Schenkeln langsam nachlässt. Mein Herz hämmert.

Logan Davonport hat mich fast in aller Öffentlichkeit gevögelt. Und ich hätte es zugelassen. Nichts hätte mich jetzt mehr zurückhalten können. Außer einer Fremden, die uns sieht, Logans Hand zwischen meinen Schenkeln, meine an seinem Schwanz. Er bringt mich so weit und dann lässt er mich einfach stehen. Was denkt der Kerl sich eigentlich? Ich schnappe alles, was mir gehört und flüchte aus der Kabine. Eine ältere Dame sieht mich verdutzt an. Wahrscheinlich hat sie das Geschrei der anderen mitbekommen. Und was sie nicht mitbekommen hat, das kann sie sich zusammenreimen, wenn sie mein erhitztes Gesicht und meine zerstörte Frisur sieht. Ich lächle sie an. Sie sieht beschämt weg. Ich muss grinsen. Warum denn schämen? Sex ist doch etwas, das jeder tut.

Ich nehme das Kleid, gehe an die Kasse, die Verkäuferin mustert mich abwertend, ich zucke mit den Schultern. Die sollen nicht so tun, als hätten sie noch nie Sex gehabt. Okay, für mich war dieser Beinahesex auch der erste in der Öffentlichkeit. Also eine Premiere. Aber ich bin mir sicher, mit Logan werde ich nur Premieren erleben. Dieser Mann ist das komplette Gegenteil von meinem Ex-Freund.

Und irgendetwas tief in mir, sagt mir, dass er genau das ist, was ich brauche. Worauf ich gewartet habe. Was mir gefehlt hat, um aus meiner eigenen Monotonie zu entkommen. Die letzten Jahre habe ich mehr oder weniger geschlafen. Doch eben hat Logan Davonport mich wachgeküsst. Ich gebe der Verkäuferin das Geld. Sie sieht mir kein einziges Mal in die Augen. Sie wirkt sichtlich beschämt. Ich ziehe nur eine Augenbraue hoch. Du hast ja keine Ahnung, was dir entgeht, denke ich und gehe.

7. Kapitel

Ein welterschütternder Kuss und ich habe mir eingebildet, zwischen mir und Logan würde etwas laufen. Wie bin ich denn auf diesen Gedanken gekommen? Ich habe ein Jahr Frustration hinter mir. Aber
selbst in all meinen sexlosen Jahren davor war ich
nicht so frustriert gewesen wie jetzt. Heute ist Mittwoch und das *Destiny* hat geschlossen. Mittwoch ist
der einzige Wochentag, an dem auch ich die Bar des
Destiny betreten darf. Liv steht hinter dem Tresen,
sie trägt einen Trainingsanzug. Die meisten Mädchen tragen an ihrem freien Tag legere Kleidung,
etwas, das sie sehr genießen. Das zeigt, wer sie wirklich sind. An freien Tagen müssen sie sich hinter
keiner Uniform verstecken und jemand sein, der sie
nicht sind. Liv reicht mir einen Caipirinha, Ivy
bekommt einen Martini und Dimitri einen Wodka.

»Also dann, auf die Erfindung von freien Tagen,
Beamern, Leinwänden und Channing Tatum«, sagt
Ivy und stößt mit mir an.

»Ich kann gar nicht oft genug betonen, wie sehr
ich Ethan liebe«, seufzt Liv und sabbert fast in ihren
Caipirinha. Ich muss zugeben, einen Kinoabend mit
Magic Mike im *Destiny* zu veranstalten war eine gute
Idee von Ethan. Damit hat er sich die Liebe der
Mädchen wirklich verdient, und ihren Willen, das
Haus nicht zu verlassen. Leider bekommt mir der

Anblick des nur leicht bekleideten Channing Tatum nicht so gut, denn sein nackter Oberkörper ruft immer wieder Erinnerungen an Logan in mir wach. Das wäre kein Problem, wenn eben dieser Logan nicht innerhalb weniger Minuten von lavaheiß auf trockeneiskalt geschaltet hätte. Seit ich vorhin nach Hause gekommen bin, hat er mich kaum mehr beachtet. Hin und wieder erwische ich ihn dabei, wie er mir quer durch den Raum grüblerische Blicke zuwirft. Aber keiner würde mir glauben, dass dieser Mann noch vorhin versucht hat, in mein Höschen zu kommen. Er benimmt sich, als wäre nie etwas gewesen.

Ich kippe meinen Drink runter und halte Liv mein leeres Glas hin. »Noch einen.«

»Warst du auf vielen Partys in London?«, will Belle wissen. Ihre kastanienfarbenen Haare sind heute nachlässig hochgesteckt. Sie trägt ein weißes Shirt mit einem schwarzen Playboybunny auf der Brust.

»Ein paar, aber nicht viele.«

»Dein Steve war wohl eher der ruhige Typ.«

»Ja, das stimmt«, bestätige ich. »Aber ich war wohl auch nicht die geselligste Studentin.«

»Das ist schade, du hättest für uns alle mit gesellig sein müssen. Jetzt können wir gar nicht durch dich das Leben einer Studentin erleben.« Liv schlingt einen Arm um meine Schulter und zieht mich an ihre Seite. »Und ich hatte so sehr gehofft, dass du uns zur Abwechslung mal an Männergeschichten teilhaben lässt.«

Ich sehe flüchtig zu Logan auf die andere Seite des Tresens rüber. Er sitzt auf einem Barhocker, ein

Whiskyglas in den Händen und beobachtet mich. Er wirkt völlig ruhig und entspannt. Von der Leidenschaft in seinem Blick ist nichts mehr da. Mein Herz sticht vor Enttäuschung und ich fühle mich unsicher. Habe ich etwas falsch gemacht? Hat er mir angemerkt, dass ich nicht sehr erfahren bin? Oder bin ich vielleicht sogar zu weit gegangen? Sich beißen zu lassen, ist wahrscheinlich nichts, was normal ist. Aber in diesem Moment habe ich mir diesen Schmerz so sehr herbeigesehnt. Ich wollte fühlen, noch mehr, als er mich sowieso schon fühlen ließ. »Vielleicht müsst ihr mich nur einen Blick in die Separees werfen lassen, um meine Fantasie zu entzünden.«

»Und uns Ärger mit der Chefin einhandeln«, entgegnet Liv und wickelt sich eine blonde Strähne um den Finger.

»Ich bin alt genug«, verteidige ich mich.

»Bist du, aber diese Räume sind Teil des Business und das ist für dich tabu. Wären die Räume nicht im *Destiny*, sondern woanders, hätte deine Mutter bestimmt kein Problem, wenn du dich mal umsiehst.« Liv haucht mir einen Kuss auf die Wange, dann himmelt sie Dimitri an, der unbeteiligt am Tresen lehnt und auf die Leinwand starrt.

»Oder du suchst dir einen Mann, der dich in all diese Dinge einweiht«, schlägt Belle vor und nickt mit dem Kinn in Logans Richtung.

Hitze schießt mir in die Wangen und ich bin froh, dass das Licht, das uns umgibt, meine Gesichtsfärbung wohl gut kaschiert. »Schade, dass er als Kunde des *Destiny* nicht auf meine Liste darf«, werfe ich mit Ironie in der Stimme ein.

»Leider wahr, schade um die heißen Blicke, die ihr beide austauscht. Vergebliche Mühe«, entgegnet Liv mit einem Zwinkern.

»Ein richtiger Mann hüpft nicht so herum«, brummt Dimitri unzufrieden, nimmt sich die Flasche Wodka vom Tresen und schenkt sich nach. Mit zusammengekniffenen Augen beobachtet er jede Bewegung der Tänzer auf der Leinwand.

»Glaub mir, Süßer«, säuselt Ivy. »Frauen stehen drauf, wenn Männer das können. Tanzen ist sehr sexy.«

Dimitri brummt und sieht Ivy mit hochgezogenen Augenbrauen an. »Tanzen ist sexy, wenn Frauen es tun.«

»Denkst du?«, hakt Ivy nach. »Ob Logan tanzende Frauen auch sexy findet?« Sie sieht zu Dmitri auf, dann mit einem breiten Grinsen auf dem Gesicht zu mir.

»Logan und Frauen, das passt nicht gut zusammen.« Dimitri hebt sein Glas an die Lippen und trinkt es in einem Zug aus. »Ich seh mich draußen mal um.«

»Hmm«, macht Belle. »Ich hatte nicht den Eindruck, dass er ein Problem mit Frauen hat. Du Ivy?«

Ivy schüttelt den Kopf. In ihrem Gesicht leuchtet etwas auf. »Nein, kein Problem.«

Ich wusste, dass Logan Kunde des *Destiny* ist, trotzdem schnürt sich mir jetzt die Kehle zu. »Mit wie vielen von euch war er schon zusammen?«

»Genug um dich vor ihm zu warnen. Er ist kein Mann für eine Beziehung. Und schon gar nicht, um Gefühle zuzulassen«, sagt Ivy kleinlaut.

Gefühle? Wer hat denn hier Gefühle? Nur weil der Kerl mich anzieht, ich kaum noch an etwas anderes als seinen Körper an meinem denken kann, heißt das noch lange nicht, dass ich etwas für ihn empfinde. Ich kenne ihn ja kaum und das, was ich von ihm kenne, ist definitiv nichts zum Verlieben. Wenn überhaupt, dann will ich nur beenden, was wir angefangen haben und danach ist das Feuer gelöscht und diese Leidenschaft, die uns beide so sehr anzieht, weg.

Ich sehe zu Logan rüber, der sich mit Ethan unterhält. Er klopft ihm freundschaftlich auf die Schulter, dann geht er an uns vorbei, ohne auch nur einmal zu mir zu sehen, und verschwindet die Treppe hinauf nach oben. In meinem Magen grummelt es vor Wut. Erst frisst er mich fast auf und dann tut er so, als würde es mich nicht geben. Ich trinke mein Glas aus, gähne lang und ausgiebig und verabschiede mich von meinen Freundinnen.

»Ich bin erledigt. Ich bin das Feiern bis in die Nacht nicht gewohnt«, entschuldige ich mich, bevor ich Logan die Stufen nach oben folge.

Er schließt gerade Adriennes Bürotür, als ich nach oben komme. Mit gerunzelter Stirn hält er inne, dann kommt er langsam auf mich zu. Ich halte den Atem an, mein Puls rast. Das Knistern zwischen uns ist so echt wie das Flattern in meinem Magen. Ich habe das Bedürfnis, mich festzuhalten, aber hier gibt es nichts, woran ich mich festhalten könnte -

außer Logan. Also warte ich mit Rauschen in den Ohren, bis er vor mir stehenbleibt. Seine Nähe lässt mich ganz schwindelig werden.

»Du hör mal ...«, setzt er an. »Das heute Nachmittag, das darf nicht wieder vorkommen. Deine Mutter ist eine Freundin von mir. Sieh es als Fehler an. Nicht einen, den du gemacht hast, sondern einen, den ich gemacht habe.«

Ich balle die Hände zu Fäusten, als seine Worte mich treffen wie ein Vorschlaghammer. Natürlich wusste ich schon vorher, dass meine Mutter etwas dagegen hat, wenn ich was mit Logan anfange. Aber dass er so reagiert. »Du hast also Angst vor meiner Mutter oder bereust du einfach nur, etwas mit einer Frau angefangen zu haben, die du nicht dafür bezahlst?«, frage ich ihn blind vor Zorn, weil gerade alles in mir droht zu kollabieren. Ich hätte es wissen müssen. Stattdessen habe ich mich von dieser Anziehung forttragen lassen, habe meinen Gefühlen erlaubt über meinen Verstand zu siegen und mich, ohne darüber nachzudenken, diesem Verlangen hingegeben.

Logan verzieht das Gesicht, legt den Kopf schief und weicht meinem vorwurfsvollen Blick aus. »Ich hab keine Angst vor deiner Mutter. Glaub mir, wenn ich dir sage, dass es besser so ist.« Er geht an mir vorbei auf die Treppe zu. Seine Rückenmuskeln bewegen sich unter seinem Shirt. Sein Gang ist wie der eines Tigers, lautlos aber selbstsicher.

»Besser für dich oder für mich?«, murmle ich. »Heute Nachmittag hat es sich richtig angefühlt«, sage ich lauter. Ich weiß, Logan hat gehört, was ich gesagt habe, aber er geht einfach weiter. Vielleicht hat er recht. Ich hätte von Anfang an dabei bleiben sollen, mich auf Larry zu konzentrieren. Unmöglich kann ich mit Logan etwas anfangen und mit ihm zusammen an der Biografie seines Vaters arbeiten. Es war ein Ausrutscher. Wir beide haben die Kontrolle verloren. Nur bereue ich es nicht. Er schon. Logan Davonport war von Anfang an eine schlechte Idee.

8. Kapitel

»Das glaub ich jetzt nicht«, braust Jen auf und verschüttet dabei fast ihren Kaffee über einem Stapel Exposés, die ich noch durchgehen muss. Ich schiebe den Stapel zur Seite und stoße frustriert die Luft zwischen den Lippen aus.

»Glaub es. Erst fällt er über mich her und dann nichts mehr.« Es ist zwei Tage her, dass Logan und ich in einer Umkleidekabine die Kontrolle verloren haben und er mich danach unsanft abserviert hat. Seitdem haben wir kaum zwei Sätze miteinander gewechselt. Beim gemeinsamen Essen mit den anderen sieht er mich nicht an und den Rest der Zeit geht er mir aus dem Weg. Das Einzige, das er mir gesagt hat, ist, dass seine Mutter sich am Samstag mit uns treffen will. »Denkst du, dass nur ich dieses erotische Knistern zwischen uns gespürt habe? Vielleicht bilde ich mir nur ein, dass er sich auch zu mir hingezogen fühlt?«

»Du meinst, da war nichts weiter außer zu viel Testosteron im Spiel?« Jen wiegt den Kopf hin und her. »Wie scharf genau ist denn dein Kleid?«

Ich ziehe eine Augenbraue hoch, nippe an meinem Kaffee und lege eine Hand auf Jens Knie, um sie davon abzuhalten, mir ihre immer heftiger schaukelnden Beine um die Ohren zu hauen. Mittlerweile weiß ich, dass Jen extrem nervös ist. Es ist ihr unmöglich, stillzuhalten. Irgendetwas wippt, zuckt oder schaukelt immer an ihr. Sie selbst bemerkt es gar nicht, wenn ihre Schaukeleien drohen auszuarten.

»Extrem sexy.«

»Dann sind die Hormone mit ihm durchgegangen.«

Ich denke darüber nach. Es ist verführerisch, zu sagen, aber da war doch vorher auch schon so ein Knistern: am Tag meiner Ankunft, am nächsten Morgen. Aber jetzt bin ich mir nicht mehr sicher. Er hat zu diesem Zeitpunkt gedacht, ich wäre ein Callgirl. Männer brauchen für gewöhnlich keine Anziehung und kein Knistern, um sich mit einem Callgirl zu vergnügen. Viele reizt sogar schon allein die Vorstellung, es mit einem professionellen Mädchen zu tun.

»Vergessen wir Logan Davonport«, wirft Jen ein. »Erzähl mir wie es ist, in einem Bordell zu leben.«

Ich bin froh über den Themenwechsel, weil ich auch keine Lust mehr habe, über Logan nachzudenken. An ihn zu denken, ruft nur immer wieder dieses ziehende Gefühl tief in meiner Brust wach.

»Wie in einem Mädcheninternat. Es wird über Männer gesprochen, über Sex, Klamotten und viel gelacht. Und hin und wieder gibt es auch mal Zoff.«

»Und sie tun das freiwillig?«

»Anfangs nicht. Einige von ihnen wurden von Zuhältern gezwungen, andere sind zu früh zu Hause weg. Jede hat ihre eigenen Gründe. Im *Destiny* geht es ihnen gut. Sie verdienen richtig viel Geld als Escortmädchen. Deutlich mehr als der Durchschnittsbrite. Und sie haben die Wahl. Sie können sich dafür oder dagegen entscheiden. Das *Destiny* ist wie eine Arche und die Mädchen sind meiner Mutter sehr dankbar.«

»Interessant«, murmelt Jen. »Wenn ich nicht so schüchtern wäre und mir vorstellen könnte, mit ganz vielen verschiedenen ... Vielleicht wäre das auch was für mich.«

Ich grinse über Jens Bemerkung. »Ich bin damit aufgewachsen, aber selbst ich kann mir nicht vorstellen, mit fremden Männern ins Bett zu steigen.«

»Hattest du noch nie einen One Night Stand?«, fragt Jen keuchend und sieht mich ungläubig an.

»Nein.«

»Dann verpasst du was. Gerade das Unbekannte zu erforschen ist besonders aufregend. Stell dir vor, du triffst einen Mann in einer Bar und er gefällt dir sofort. Es knistert zwischen euch und dann ein Blick von ihm, er steht auf, du folgst ihm ...«

»Stopp«, unterbreche ich sie. »Ich habe Fantasien«, setze ich sie in Kenntnis. So unschuldig bin ich dann nun auch nicht.

»Dann lebe sie aus, Mädchen«, sagt Jen, rutscht von meinem Schreibtisch und zeigt auf die Uhr über dem Bücherregal. »Wir haben uns heute verquatscht. Du vergisst dein Date.«

Ich sehe auf die Uhr, es ist tatsächlich schon halb Acht. Aber ganz unabsichtlich habe ich die Zeit nicht verquatscht. Ich hätte unmöglich nach der Arbeit nach Hause gekonnt. Logan hätte mich nicht mehr aus den Augen gelassen. Er weiß, dass ich auf dieses Treffen gehen will. Er hätte mich auf gar keinen Fall nochmal aus dem Haus gelassen. Und ich muss auf dieses Date. Seit unserem Ausrutscher ist dieses Treffen mit Larry noch viel wichtiger geworden. Ich muss mich ablenken, muss mich auf einen anderen Mann konzentrieren. Es ist offensichtlich, dass Logan mich nicht will. Also ist es das Beste, ich wende mich einem anderen Mann zu, um nicht mehr in diese Anziehungsfalle zu tappen.

»Ich gehe davon aus, dass wir allein im Haus sind?«

»Sind wir«, bestätigt Jen. »Und ich schiebe Wache vor deiner Tür. Hier kommt niemand rein, während du dich für deinen Schulfreund hübsch machst. Schon gar kein Logan Davonport. Um nichts auf der Welt würde ich dir die Chance auf einen One Night Stand nehmen.« Mit einem verschwörerischen Zwinkern verlässt sie mein Büro und zieht die Tür hinter sich zu.

Ich sehe zum Sofa, auf dem meine Tasche liegt. In der Tasche befinden sich das schwarze Kleid und ein deutlich weniger aufreizendes Kostüm. Schon den ganzen Tag habe ich darüber nachgedacht, was von beidem ich nun anziehen soll. Das Kleid würde sehr deutliche Signale senden. Diese Signale sind es, die mir auch Angst einflößen. Das Kostüm würde sagen: Das hier ist nur ein geschäftliches Treffen. Mein Handy klingelt und reißt mich aus meinen Gedanken. Ich nehme zögernd ab, ohne auf die Telefonnummer zu achten. Ich weiß auch so, wer dran ist. »Logan?«

»Du bist nicht im *Destiny*, also gehe ich davon aus, du bist auf deinem Date?«

Ich seufze laut und genervt. »Um es genau zu nehmen, ich bin im Büro.«

»Du machst also Überstunden?«

»Ja«, lüge ich. »Es gibt viel Arbeit, die sich angesammelt hat. Die Autoren hören nicht auf, Bücher zu schreiben, nur weil eine Lektorin ausfällt«, sage ich sarkastisch.

»Dann pack deine Arbeit ein, ich schicke dir Ethan. Er holt dich ab.«

»Warum? Habt ihr dem Irren erzählt, das eine Bewohnerin des *Destiny* gar kein Escortmädchen ist, sondern in einem Verlag arbeitet? Wenn nicht, dann verstehe ich nicht, wie du auf den Gedanken kommst, er könnte sich an mich wenden, wenn er doch gar nichts von meiner Existenz weiß.«

Ich höre Logan schwer ausatmen. »Deiner Mutter ist es wichtig, dass wir dich nicht aus den Augen lassen.«

»Meiner Mutter? Und dir ist es das nicht? Ich meine, in den letzten Tagen lässt du mich andauernd aus den Augen. Ich frage mich schon, ob ich übermäßig Akne im Gesicht habe.«

Wieder ein schweres Ausatmen. »So ist das nicht. Wir beide passen nicht zusammen.«

»Oh, wie einfallsreich. Diese Ausrede könnte glatt aus einem Hollywoodstreifen stammen. Sag Ethan, ich finde den Weg allein nach Hause.« Bevor ich noch wütender werde, lege ich das Telefon auf. Es gibt niemanden sonst, der es schafft, mich immer wieder so sehr in Rage zu versetzen. Ich muss ihn einfach aus meinem Kopf bekommen. Seine Abweisung tut zu sehr weh. Sie verletzt mich mehr, als sie sollte.

Das Bürotelefon klingelt. Da es schon spät ist, rechne ich nicht damit, dass der Anruf etwas mit dem Verlag zu tun hat. Ich nehme seufzend ab. »Logan?«

»Ich wollte nur kontrollieren, ob du wirklich im Büro bist.«

»Bin ich«, sage ich angestrengt.

»Gut, du solltest wissen, ich kann dein Handy orten.«

»Was?«, entrüste ich mich, plötzlich völlig bei der Sache, aber das Gespräch ist beendet. Ich starre den Telefonhörer an und schüttle den Kopf. »Das wird er nicht tun. So was kann doch nur die Telefongesellschaft und die Polizei.« Entschlossen stehe ich auf, gehe zur Tasche auf dem Sofa und schlüpfe in das Kleid, das ich gestern gekauft habe. Die Bilder, die mir dabei durch meinen Kopf gehen und wie Feuer durch meine Adern schießen, schiebe ich mit Gewalt weit weg. Stattdessen versuche ich mich daran zu erinnern, wie Larry in unserer Schulzeit aussah. Und ich versuche mir vorzustellen, wie er heute wohl aussieht. Meine Haare lasse ich ganz einfach offen und mein Make-up fällt wie immer sparsam aus. Da ich im Spiegel im Damenwaschraum nur mein Gesicht sehen kann, vertraue ich einfach darauf, dass alles gut sitzt. Warum sollte es das auch nicht, ich hatte das Kleid ja erst an und da hat es auf einen gewissen Jemand einen perfekten Eindruck gemacht.

Mit meinem kleinen Beetle fahre ich zum *Number 16* auf der Byres Road. Eins der besten Restaurants Glasgows, wenn es nicht so teuer sein soll. Larry sitzt schon an einem Tisch für zwei Personen. Ich kann mich noch erinnern, er hat mich nie beachtet in der Schule. Für die meisten war ich Luft, sie wussten nicht, wie sie mit mir umgehen sollten und mit dem, was ihre Eltern über meine Mutter erzählten.

Für Larry wird dieses Treffen nichts weiter als ein Treffen zwischen einem Autor und einer Lektorin sein. Einer Lektorin, von der er hofft, dass sie ihm zu einem Vertrag mit einem nicht unbekannten, in naher Zukunft sogar sehr bekannten, Verlag verhelfen kann. Sollte die Biografie von Charly Walker wirklich so stark einschlagen wie ich vermute, wird Connor Press bald ein bekannter Name sein. Aber von alldem weiß Larry natürlich noch nichts. Er interessiert sich vorerst nur dafür, überhaupt bei einem Publikumsverlag angenommen zu werden. Das ist der einzige Grund für ihn, sich mit mir zu treffen. Die Tatsache, dass er dank Facebook weiß, dass ich Manuskripte lektoriere, hat ihn dazu gebracht, vor ein paar Wochen mit mir Kontakt aufzunehmen. Und ich vermute, die Tatsache, dass ich ihm von Connor Press erzählt habe, hat ihn dazu gebracht, sich mit mir zu treffen.

Aber das macht mir nichts, weil ich eigentlich nicht mehr wirklich an Larry interessiert bin. Zumindest war das bis zu meiner ersten Begegnung mit Logan so gewesen. Jetzt interessiere ich mich sehr wohl wieder für Larry, denn er soll hoffentlich alte Gefühle in mir wecken und sich als Fahrkarte aus meinem Logan-Dilemma erweisen.

Ich gehe mit selbstsicheren Schritten auf Larry zu, der von seinem Stuhl aufsteht, auf seinem Gesicht ein bewunderndes Strahlen, und mir die Hand gibt. Sein Blick gleitet über mich, er leckt sich nervös über seine Lippen und ich kann nicht ganz verbergen, dass diese Reaktion mir genau das zeigt, was ich erhofft habe.

»Du siehst unglaublich aus, Hope.« Larry hält noch immer meine Hand, er ist sichtlich abgelenkt von meinem Ausschnitt. Ich ziehe vorsichtig an meiner Hand, um ihn darauf aufmerksam zu machen, dass er mich noch immer festhält. Larry blinzelt und räuspert sich, dann lässt er mich los, kommt um den Tisch herum und zieht den Stuhl für mich zurück. Ich setze mich, warte bis Larry wieder sitzt und lächle ihn offen an.

»Du hast dich auch kaum verändert, etwas älter, erwachsener, aber ansonsten ...« Ich lasse den Rest in der Luft hängen, aber es stimmt. Er ist noch immer der gleiche attraktive Kerl, den ich aus meiner Schulzeit kenne: dunkelblondes, glattes Haar, ein fransiger Pony, der ihm lässig ins Gesicht fällt, eine Brille mit dunklem Rahmen, die ihn sehr intelligent wirken lässt und gleichzeitig trendy, schmaler Körperbau und hellgrüne Augen. Die Augen waren es, die mich immer fasziniert haben und seine Liebe zur Literatur, die er mit mir schon damals geteilt hat. Auch wenn teilen nicht das richtige Wort ist, da wir nie zusammen etwas gelesen oder über ein Buch geredet haben. Es war eher so, dass wir beide das gleiche Hobby hatten, nur er nichts davon wusste.

»Schön, dass du gekommen bist«, sagt er und reicht mir die Speisekarte.

»Ich hatte Zeit«, sage ich. Zeit ist auch nicht mein Problem. Mein Problem ist ein herrschsüchtiger Mann, der meint, mein Leben kontrollieren zu müssen und gleichzeitig versucht, mich auf Abstand zu halten. Ich schiele über den Rand der Karte. Larry spielt nervös mit seiner Stoffserviette. Wäre interessant zu wissen, ob er wegen mir oder meiner Meinung zu seinem Manuskript so nervös ist. »Ich muss dir gleich sagen, so sehr mir dein Manuskript gefällt, ich bin nur ein Rädchen im Getriebe des Verlags und habe nicht das letzte Wort bezüglich des Programms. Ich kann deine Geschichte nur vorschlagen.«

»Danke«, sagt Larry. Er bestellt Wein und Wasser für uns bei der Kellnerin. Ich entscheide mich für einen Salat mit Hühnchen und Parmesan, während Larry sich für ein leichtes Fischgericht entscheidet. Ich muss schmunzeln, als mir durch den Kopf geht, dass Logan wohl das größte Steak auf der Karte genommen hätte. »Ich weiß das natürlich. Deswegen habe ich auch noch ein paar andere Verlage angeschrieben. Mir war deine Meinung sehr wichtig.«

»Ich schick dir in den nächsten Tagen alles an deine Mailadresse. Ich hab dir Kommentare im Dokument hinterlassen.« Wir unterhalten uns über meine Vorschläge, dann kommt das Essen und wir fangen an, uns über uns zu unterhalten. Das Gespräch wird langsam lockerer und Larry entspannt

115

sich immer mehr. Er sieht mich immer wieder einmal an, dabei wirkt er verwundert und nachdenklich zugleich. Ich habe das Gefühl, dass er überrascht von mir ist. Er hat etwas anderes erwartet. Ich weiß nicht, welche Vorstellung die Menschen haben, wenn sie hören, wo ich aufgewachsen bin. Aber ich bin sicher, dass sie gewisse Vorurteile hegen.

Während er mir erzählt, dass er als Lehrer an einer Grundschule arbeitet, mustere ich ihn und versuche meine Gefühle für ihn zu ergründen. Genauer gesagt, versuche ich etwas zu empfinden, das dem nahekommt, was mich jedes Mal überrollt, wenn Logan in meiner Nähe ist. Aber nichts passiert. Er gefällt mir noch immer und ich mag ihn auch. Er ist sogar sehr zuvorkommend und lustig. Aber meine Hände schwitzen nicht, zwischen meinen Schenkeln zieht es nicht und ich wünsche mir nicht, dass die Seide auf meiner Haut seine Hände wären.

»Du bist also nicht mehr mit diesem Steve zusammen?«

Ich ziehe eine Augenbraue hoch. »Bitte?«

»Dein Beziehungsstatus auf Facebook«, erinnert er mich.

»Ach so. Nein, nicht mehr. Und du? Bei dir eine Freundin in Sicht?«

»Nicht im Moment«, sagt er, ein Mundwinkel zieht sich nach oben. »Aber wer weiß.« Er sieht mir direkt in die Augen. Dieser Blick und diese Worte hätten mir heiße Wellen durch den Körper gejagt, wenn sie von Logan gekommen wären. Aber bei Larry? Nichts. Kein Stolpern meines Herzens. Kein Flattern im Magen. Mein Körper reagiert einfach nicht so wie ich es mir von ihm wünsche. Aber das muss er auch nicht. Es reicht doch, wenn ich ihn mag.

Ich weiß nicht, was ich antworten soll, immerhin sollte Larry meine Fahrkarte sein und ihn schon jetzt abzuservieren, würde meinen Plänen erheblichen Schaden zufügen. Deswegen setze ich ein unverbindliches Lächeln auf und kaue ausgiebig auf einem Stück Hühnchen herum. Keiner kann von mir verlangen, mit vollem Mund zu sprechen. Und sowieso, selbst ich kann nicht wissen, wie sich das Ganze hier weiterentwickelt. Vielleicht trifft mich in fünf Minuten Amors Pfeil und ich verliebe mich rettungslos in Larry.

»Noch ein Glas Wein?«, will er wissen und winkt dem Kellner. Er sieht mich wieder an, dann wird sein Blick weich. »Es ist wirklich schön, dich wiederzusehen.« Larry versteift sich, dann wandert sein Blick von mir weg, über meine Schulter. Hat er jemanden gesehen, den er nicht sehen wollte? Die Neugier bringt mich fast dazu, mich umzusehen. Aber das wäre unhöflich. Deswegen ignoriere ich, dass Larrys Augen immer größer werden und esse weiter, bis eine tiefe Stimme auch mich erstarren lässt. Ich lasse meine Gabel fallen - sie landet im Salat und spritzt Dressing über den Tisch - und schlucke das Stück Tomate in meinem Mund schwerfällig runter.

»Logan?«, stammle ich heiser vor Panik.

»Wenn ich nicht völlig danebenliege, dann ist das hier nicht dein Büro.«

Ich schnappe mir meine Serviette, schiele kurz zu Larry, der sichtlich blass geworden ist, bei dem mörderischen Blick, den Logan ihm zuwirft. Meine Finger kneten die Serviette, dann wische ich mir über den Mund. Reiß dich zusammen. Vor wem hast du eigentlich Angst? Was kann Logan schon tun? Er wird dich wohl kaum aus einem überfüllten Restaurant zerren.

»Zählt denn nicht, dass wir über die Arbeit gesprochen haben? Genau genommen haben wir das gemacht, was du eigentlich auch tun solltest, mit mir über ein Manuskript reden«, werfe ich hastig zur Verteidigung ein. »Larry, das ist Logan. Logan, das ist Larry«, stelle ich die beiden vor.

»Ist das dein Freund?«, will Larry mit kleinlauter Stimme wissen. Er ist noch immer angespannt und lehnt sich so weit weg von Logan wie es sein Stuhl ermöglicht. Logan steht jetzt direkt neben mir und starrt mit furchteinflößender Miene auf mich runter.

»Nein«, sage ich so lässig und schnippisch wie ich nur kann. »Ein Handlanger meiner Mutter.«

Logan reißt beide Augenbrauen bis zum Ansatz seiner Haare nach oben.

»Du wohnst noch immer in diesem Klub?«

»Das tut sie«, mischt Logan sich ein. Dann schnappt er meine Oberarme, zieht mich vom Stuhl und wirft mich über seine Schulter. Ich strample mit den Beinen, Logan zuckt zusammen, als ich seine Seite treffe und rächt sich, indem er mir mit der flachen Hand auf den Hintern schlägt.

»Autsch«, fluche ich. »Was soll das?« Ich bin außer mir, hat der Kerl mich doch einfach geschlagen! Und was noch viel schlimmer ist, der Stelle zwischen meinen Schenkeln scheint diese grobe Behandlung zuzusagen. »Larry, ich gehe davon aus, dass du die Rechnung trägst«, höre ich Logan höhnisch sagen. Er dreht sich so, dass mein Gesicht über meiner Handtasche schwebt, die neben meinem Stuhl auf dem Boden steht. »Aufheben!«

Mit der einen Hand greife ich mir meine Handtasche und mit der anderen hämmere ich auf Logans Rücken ein, während er mich aus dem Restaurant trägt, verfolgt von verblüfften Gesichtern. »Lass mich sofort runter«, befehle ich kreischend.

»Sobald wir am SUV sind. Hättest du dir den Handlanger gespart, hätte ich dich laufen lassen.«

Das Auto steht direkt vor dem Restaurant. Logan lässt mich unsanft auf meine Füße runter. »Ich habe mein eigenes Auto.«

»Dessen bin ich mir bewusst.«

»Was soll das heißen?«

»Das heißt, ich habe einen Sender an deinem Auto angebracht. Nur, für den Fall, dass ich dein Handy nicht orten kann.«

Mir klappt der Mund auf und ich starre Logan entsetzt an. Bevor ich das Büro verlassen habe, habe ich mein Handy extra ausgeschaltet, wegen seiner Drohung. Ich hole aus und treffe schallend Logans Wange. Der zuckt nicht einmal, sondern sieht mich nur weiter ungerührt an. »Wer gibt dir das Recht?«

»Deine Mutter.« Ethan steht plötzlich hinter mir und hält mir seine offene Hand entgegen. Er sieht genauso sauer aus wie Logan. Was zur Hölle bilden diese Kerle sich eigentlich ein?

»Autoschlüssel.«

»Auf keinen Fall«, keife ich. »Und meine Mutter hat nicht über mein Leben zu bestimmen. Ich bin erwachsen.«

Logan runzelt die Stirn und kommt bedrohlich auf mich zu. Er drängt mich mit dem Rücken gegen den SUV. »Den Schlüssel. Und Adrienne macht sich nur Sorgen.«

»Das muss sie nicht, ich bin nicht in Gefahr.«

Logan lehnt seinen schweren Körper gegen mich und klemmt mich regelrecht zwischen sich und dem Auto ein. Ich sehe hilfesuchend zu Ethan, doch der grinst nur breit.

»Du solltest den Mann nicht wütend machen. Er war in einer Spezialeinheit der *British Army* und viele Jahre im Irak stationiert. Er bekommt immer, was er will. Und im Moment will er deinen Autoschlüssel.«

Ich sehe schwer atmend und mit heftig klopfendem Herzen zu Logan auf, dem das Wort stinksauer noch immer auf die Stirn geschrieben steht. Da ich mich kaum bewegen kann, hebe ich nur die Hand, in der ich meine Handtasche halte, hoch und reiche sie Ethan, der sie mir abnimmt. Ethan holt den Schlüssel aus der Tasche, dann nickt er. Logan geht einen Schritt zurück, greift an mir vorbei und öffnet die Beifahrertür des SUV.

»Einsteigen!«

Mit zitternden Beinen und der Hitze in mir, die Logans Körper an meinem ausgelöst hat, steige ich in das Auto. Logan wirft die Tür zu und läuft auf die andere Seite. Dabei sieht er mich die ganze Zeit durch die Frontscheibe an, eine Warnung im Blick, ja nicht auf die Idee zu kommen, aus dem Auto zu flüchten.

Er öffnet die Fahrertür, steigt ein, wirft mir einen kurzen Seitenblick zu und startet den Motor. Irgendwie wirkt er heute noch schlechter gelaunt als er das sonst schon ist. »Was habe ich über dieses Kleid gesagt?«

»Ich weiß nicht, dass ich es kaufen soll?«

»Unter anderem. Was noch?« Er schaut in den Rückspiegel und fährt aus der Parklücke am Straßenrand in den fließenden Verkehr.

»Dass es aussieht wie ein Nachthemd?«

Logan knurrt ungeduldig, seine Finger erwürgen das Lenkrad. »Dass es nicht für Larry bestimmt ist.«

Ich zucke unschuldig mit den Schultern und gebe mir gar keine Mühe, meine Wut zu unterdrücken. »Das muss mir entfallen sein. Nein, ist es nicht. Das hast du nicht gesagt. Aber klär mich auf. Aus welchem Grund glaubst du, du hättest darüber zu bestimmen, wem ich mich wie zeige?«

Logans Adamsapfel hüpft, als er schluckt. »Dann sag ich es jetzt. Um deine Frage zu beantworten: Seit ich den Gedanken nicht ertragen kann, dass ein schleimiger Typ wie der seine Hände auf dir hat.«

Ich schnaube abfällig. »Entschuldige, aber das geht dich nichts an. Und wenn zwanzig schleimige Typen ihre Hände auf mir haben. Ich bin erwachsen, ich bin Single, ich darf vögeln, wen ich will.«

Logan presst die Kiefer fest zusammen, auf seiner gerunzelten Stirn stehen Schweißperlen und das Lid seines linken Auges zuckt wie wild. »Darüber sprechen wir noch.«

»Das bezweifle ich, wie gesagt, es geht dich nichts an.« Frustriert verschränke ich die Arme vor der Brust und sehe zum Seitenfenster raus. Wir überqueren auf der Argyl Street den Kelvin River und biegen gegenüber des Kelvingrove Art Gallery and Museum in die Regent Morray Street ein. »Wohin fahren wir? Das *Destiny* liegt in der anderen Richtung.«

Logan fährt schweigend weiter, biegt dann in die Old Dumber Road ein und parkt das Auto vor dem Haus Nummer 29. »Ich muss nur kurz ein paar Sachen erledigen.« Er sieht mich dabei nicht einmal an. Zögernd zieht er den Schlüssel aus dem Schloss. »Es gibt zwei Möglichkeiten, du kommst freiwillig mit oder wir wiederholen das aus dem Restaurant noch einmal. Die erste Möglichkeit wäre mir lieber.« Er verzieht das Gesicht und atmet zischend ein, als er sich zu mir umdreht und mich abwartend ansieht. Dabei sieht er so grimmig aus, dass ich nur denken kann, der Teufel ist auf einem Rachefeldzug. Ich ergebe mich also und nicke.

»Also gut, ich geh freiwillig mit, wohin auch immer du mit mir willst.«

»Keine Angst«, murmelt Logan. »Ist nur meine Wohnung.«

Ich sehe zum Seitenfenster raus und mustere das Haus, vor dem wir stehen. Es ist eins der alten Steinhäuser im edwardianischen Stil mit einem schwarzen gusseisernen Zaun davor. Logan kommt um das Auto herum und öffnet mir die Tür. Er hilft mir beim Aussteigen, dann geht er vor und schließt die Haustür auf. Der Gedanke wegzulaufen kommt mir nur eine Sekunde. Aber meine Neugier siegt. Ich will wissen wie Logan Davonport lebt, wenn er nicht gerade in einem Freudenhaus übernachtet. Nicht, dass es mich sonst interessieren würde, wie ein Mann lebt. Aber Logan ist ein besonderer Mann. Er ist die Art Mann von der Frau nachts heimliche Fantasien hat, während neben ihr ein zwar liebenswerter, aber doch langweiliger, hochbegabter Student liegt. Langsam folge ich ihm die Stufen nach oben in die erste Etage. Die Holztür scheint schon hunderte Male überstrichen worden zu sein, aktuell ist die Tür dunkelgrün. Logan öffnet sie, tritt beiseite und lässt mich in den schmalen Korridor.

»Das Wohnzimmer ist dort vorne«, sagt er und zeigt den Flur hinunter. »Ich hole nur schnell was aus dem Schlafzimmer.«

Weil er wohl will, dass ich im Wohnzimmer auf ihn warte, tue ich ihm den Gefallen. Ohne mich nach ihm umzusehen, gehe ich in den Raum, den er mir gezeigt hat. Wie fast alle Wohnzimmer in dieser Art Häusern ist es länglich mit einem runden Erker, in dem sich hohe Fenster befinden. Der originale Dielenboden sieht gepflegt aus, so als wäre er eben erst abgeschliffen und neu lackiert worden. Logan lebt spartanisch. Es gibt nur ein kleines Sofa, einen Couchtisch und einen Fernseher, der über einer Kommode an der Wand hängt. Immerhin passen alle Möbel gut zum dunklen Boden. Die offene Küche ist noch spartanischer eingerichtet. Sie besteht aus ein paar Unterschränken, einem Herd und einer Kaffeemaschine.

Ich frage mich, wie oft Logan unterwegs ist, wenn er sich mit so wenig zufrieden gibt. Der Raum hat nichts Persönliches: keine Fotos, keine Bilder nicht einmal Postkarten, die ihn an den letzten Urlaub erinnern. Neugierig trete ich an das hohe Fenster und sehe nach unten auf die Straße, wo der schwarze SUV mit dem *Davonport-Security*-Logo an der Seite zwischen einem roten Mini und einem quietschgelben VW steht und dadurch noch viel größer wirkt, als er es ohnehin schon ist.

Hinter mir knarrt eine der Dielen, als Logan das Wohnzimmer betritt. Ich sehe mich nicht nach ihm um. In seiner Wohnung zu stehen, fühlt sich so intim an. Ihn jetzt anzusehen und zu wissen, dass er wahrscheinlich mit jedem anderen Mädchen aus dem *Destiny* lieber hier wäre als mit mir, schnürt mir die Kehle zu. Er gibt sich nur mit mir ab, weil er es muss. Weil er mit Adrienne befreundet ist und sie ihm wichtig ist. Ich bin kein Callgirl. Ich bin keine Frau, mit der er schlafen kann, ohne sich Gedanken über die Folgen zu machen. Mit mir zu schlafen, hätte eine Bedeutung, selbst wenn diese noch so unwichtig wäre. Mit einem Callgirl zu schlafen ist ein Geschäft. Man erledigt es und hakt es ab.

»Schöne Aussicht«, sage ich und meine die junge Frau, die gegenüber aus dem Haus gekommen ist und jetzt neben dem SUV steht und zu mir nach oben sieht.

Logan bleibt neben mir stehen. »Ich hab ihren Mann vermöbelt, nachdem er ihr ein Veilchen verpasst hat. Seitdem ist sie etwas anhänglich.«

»Ist sie? Und hast du?«, frage ich ihn wenig verwundert, weil das der Logan ist, den ich kenne. Irgendwie versucht er wohl immer alle zu retten. Besonders hilflosen Frauen. Warum ist es ihm so wichtig, meiner Mutter zu helfen, dass er sogar vorübergehend in ein Freudenhaus zieht? Weil meine Mutter sonst niemanden hat. Er kam als Kunde und blieb als Retter, geht es mir durch den Kopf.

Logans Hand packt mich hart um mein Handgelenk. Jetzt sehe ich ihn doch an. Schockiert, denn mit einem Klicken schließt sich eine Handschelle um mein Gelenk. Den zweiten Ring hält Logan fest mit seinen Fingern umklammert. »Tut mir leid, Süße. Aber ich hab ja gesagt, ich muss was erledigen. Und da ich nicht riskieren kann, dass du wegläufst, muss ich dich zu deinem eigenen Schutz fesseln.«

Ich schnappe entrüstet nach Luft und zerre an der Handschelle. »Mach mich sofort los!«

Logan schüttelt den Kopf und zieht mich hinter sich her in das Badezimmer.

»Was wollen wir hier?«, frage ich panisch.

»Du willst brav sein, während ich mich um mich selbst kümmere.«

»Was?«, keuche ich schockiert auf.

»Wie bitte. Als Lektorin solltest du das besser wissen«, sagt er breit grinsend und schiebt mich rückwärts in Richtung Fenster. Er hebt meine Hand an das Heizungsrohr, das nach oben durch die Decke und nach unten durch den Boden geht und befestigt den zweiten Ring der Handschelle darum. Ich bin so schockiert, dass ich ihn nur sprachlos anstarre und mich gar nicht wehre.

»Was soll das, Logan?«, wimmere ich und bewege meinen Arm, dabei rutscht die Handschelle klirrend über das Rohr und bleibt am Abzweig hängen, der in den Heizkörper führt.

Logan tritt zurück bis an das Waschbecken. Er öffnet einen Spiegelschrank und holt eine Schachtel heraus. Dann sieht er mich besorgt an. »Ich hoffe, du hast kein Problem mit dem Anblick von Blut.«

»Blut?«, will ich verwirrt wissen.

Er greift den Saum seines schwarzen Shirts und zieht es sich über den Kopf. Erschrocken erstarre ich und gebe meine Versuche, mich zu befreien, auf. Auf seiner linken Seite, unterhalb seiner Rippen klebt ein blutiger Verband. Logan wirft das Shirt auf den Fliesenboden und sieht mich abschätzend an. Mir steht noch immer der Mund offen. Ich hatte keine Ahnung, dass er verletzt ist.

»Was ist passiert?«, frage ich heiser.

»Ich hatte eine kleine Meinungsverschiedenheit mit einem der Kleinkriminellen, die den »Freund« deiner Mutter unterstützen. Keine Sorge, ich werde es überleben«, sagt er und sieht mich bedeutungsvoll an. »Das Messer hat mich nur gestreift. Es hätte wahrscheinlich nicht wieder angefangen zu bluten, wenn du mir vorhin nicht dein Knie in die Seite gerammt hättest.«

Ich kneife die Augen zusammen und fixiere Logan mit meinem Blick. »Wenn du mich nicht wie ein Urmensch weggeschleppt hättest, wäre mein Knie nicht in deiner Seite gelandet«, schimpfe ich vorwurfsvoll.

»Da hast du wohl recht.« Logan löst den Verband und zieht ihn langsam ab.

Ich atme zischend ein, als mein Blick auf den klaffenden Schnitt fällt. »Das muss genäht werden.«

»Ich weiß. Du bist nicht zufällig geschickt im Nähen?«

»Ist das dein Ernst? Du musst in ein Krankenhaus«, keife ich ihn an.

Logan lacht dunkel. »Ich hasse Krankenhäuser. Außerdem, wer soll auf dich aufpassen, wenn die mich da drin in Beschlag nehmen?« Er schüttelt grinsend den Kopf. »Ich mach das schon. Ist nicht das erste Mal für mich.«

»Auf keinen Fall«, kreische ich und mache mir ernsthaft Sorgen um Logans geistigen Zustand. Und nicht nur den. Ich bin auch besorgt um die Perfektion dieses unglaublich perfekten, muskulösen Körpers, der sich gerade ein Stück näher auf mich zubewegt. »Wenn sich die Wunde entzündet, landest du doch da drin. Und bestimmt kann ein Arzt viel schöner nähen als du.« Schon die Vorstellung, er näht sich selbst. Die Nadel dringt in seine Haut ein, durchsticht sie, lässt mich schaudern.

»Deine Sorge ist rührend«, sagt Logan. Er steht jetzt nahe vor mir. Seine silbernen Augen auf mich gerichtet. Da ist sie wieder, diese Intensität zwischen uns. Er kann sie leugnen, aber mir wird ganz schwindlig und ich kann das Zittern, das durch meinen Körper kriecht, nicht verbergen. Ich will es auch gar nicht. Soll er doch wissen, wie ich auf diesen engelsgleichen, griechischen Heldenkörper reagiere. Ich atme zitternd ein. Logan riecht nach Schweiß, nach Sandelholz, nach Mann. Und sein halbnackter Körper ist mir so nahe, dass ich glatt vergesse, dass Blut an seiner Seite herunterläuft und den Bund seiner Jeans durchtränkt.

Er greift nach meiner Hand, führt sie um seine Taille herum und legt sie auf eine Stelle, die etwas erhaben ist. Ich betaste, was sich unter meinen Fingern befindet und es fällt mir schwer, mich darauf zu konzentrieren und nicht daran zu denken, wie unglaublich gut sich Logans verschwitzte Haut unter meinen Fingern anfühlt. Auf seinem Rücken, rechts auf Höhe der Niere, befindet sich eine wulstige Narbe. Etwa zehn Zentimeter lang.

»Im Krieg gibt es auch nicht überall Ärzte. Nicht, wenn man auf einer geheimen Mission ist«, klärt er mich auf.

Ich sehe atemlos zu ihm auf. Mein Puls rast und ich frage mich, warum die Vorstellung, dass er sich selbst zusammenflickt, plötzlich so sexy ist. Logan geht zurück zum Waschbecken, öffnet die Schachtel und sieht mich an. »Besser, du guckst jetzt zum Fenster raus.«

9. Kapitel

Ich versuche die Welt um mich herum auszublenden, aber das gelingt mir nicht. Ich sehe hinunter in den Hinterhof, sehe auf die Steinmauern, die die verschiedenen Gärten voneinander trennen, und höre hinter mir Logans schweren Atem. Dann fällt etwas klirrend in das Waschbecken. Ich zucke besorgt zusammen und drehe mich zu Logan um, der sich schwer auf das Becken aufstützt, die Augen fest verschlossen.

»Alles in Ordnung?«, frage ich. Mir ist ganz flau im Magen. Ich kann sehen, wie die Muskeln seiner Arme zittern. »Nicht, dass du mir ohnmächtig wirst, solange ich an die Heizung gebunden bin. Ich hab keine Lust stundenlang auf deinen halbtoten Körper zu starren mit all dem Blut auf deiner Haut«, sage ich scherzend.

Logan hebt den Kopf, sieht zur Seite und atmet schwer aus. »Keine Sorge. Ich geh gleich unter die Dusche. Wenn ich danach ohnmächtig werde, musst du nur stundenlang meinen völlig nackten Körper anstarren.«

»Okay«, entgegne ich schwach. »Ich denke, damit kann ich leben.«

Logan lacht düster, richtet sich auf, lässt seinen Kopf kreisen und sieht mich mit diesem teuflischen Blick an, den er so gut beherrscht und der jedes Mal ein Feuerwerk in meinen Tiefen entzündet. Er greift nach dem Bund seiner Jeans - hatte ich schon erwähnt, dass er in Jeans einfach nur ein Gott ist? - und öffnet den Knopf. Danach zieht er langsam den Reißverschluss herunter. Ich schlucke trocken.

»Was machst du da?« Mein Puls droht durch die Decke zu gehen.

»Ich gehe duschen«, sagt er grinsend mit bedrohlich leiser Stimme.

»Aber, du kannst dich doch nicht einfach ausziehen!« Mich überrollt ein Frösteln und ich starre auf seine Finger, die am Hosenschlitz liegen.

»Kann ich nicht? Warum schaust du nicht einfach weg, wenn dir das unangenehm ist, einen Mann nackt zu sehen? Ich hatte dich nicht für prüde gehalten.«

Das bin ich auch nicht. Ich kann jederzeit und mit jedem völlig offen über Sex sprechen, nur nicht mit ihm. Ich weiß, diese Show zieht er nur für mich ab. Und ich kann nicht anders, als mir wünschen, dass er das nicht tun würde. Warum spielt er mit mir, wo er doch selbst weiß, dass er nie zulassen wird, dass sich unser kurzes Abenteuer noch einmal wiederholt? Aber ich kann auch nicht wegsehen, als Logan die Hose mitsamt seiner eng anliegenden schwarzen Boxershorts auszieht.

Ich habe das Gefühl, die Luft ist aus dem Raum gesaugt worden, als Logan Davonport nackt vor mir steht. Der Teufel in Person, nur geschaffen, um mich daran zu erinnern, wie anbetungswürdig ein Mann sein kann, der am ganzen Körper harte Muskeln hat. Und einen Schwanz, der mindestens genauso hart und perfekt ist. Ich schlucke den Kloß in meiner Kehle runter und gebe alles, um meine Atmung und meine Gesichtsmimik wieder unter Kontrolle zu bekommen. Mühsam löse ich meinen Blick von dem schwarzen Nest und der Erektion, die sich mir entgegenreckt. »Nun ja, ich muss sagen, ich hab schon bessere gesehen.«

Logan lacht, öffnet die Duschkabine und verschwindet hinter der Glaswand. »Vielleicht hast du das, aber keiner kann damit so gut umgehen, wie ich es kann.« Das Wasser wird aufgedreht und schluckt mein lautes Keuchen. Dieser Mann ist ein Musterbeispiel männlicher Arroganz.

»Das kann ich nicht beurteilen und solange ich nichts anderes weiß, gehe ich davon aus, dass dem nicht so ist«, sage ich so laut, dass er es hören muss. Es kann ihm nicht schaden, ihn etwas auf den Boden zurückzuholen, nachdem ich ihn eben mit Blicken verschlungen habe und das sein Ego wohl noch mehr gestreichelt hat.

Ich zerre an den Handschellen, dann bemerke ich Logans Jeans auf dem Boden direkt vor meinen Füßen. Vielleicht nicht direkt, aber doch nahe genug, dass ich rankommen müsste. Ich versuche es, indem ich einen Fuß so weit wie möglich in Richtung Jeans strecke. Aber es fehlen ein paar Zentimeter. Dann knie ich mich auf den Boden und strecke meinen freien Arm nach vorne. Setze mich auf den Boden und versuche es wieder mit den Beinen. Danach lege ich mich auf den Boden, robbe soweit mein gefesselter Arm es zulässt und angle erfolgreich nach Logans Jeans. Ich ziehe sie mit den Füßen näher, bis ich mit meiner freien Hand danach greifen kann und durchsuche die Taschen nach dem Schlüssel. Erleichtert ziehe ich einen Schlüsselbund hervor, an dem auch der Schlüssel für den SUV befestigt ist.

»Läuft doch«, flüstere ich. »Oder doch nicht«, als ich feststellen muss, dass keiner der Schlüssel am Bund klein genug ist, um in das Schloss der Handschellen zu passen. Ich knete seine Hose nervös in meinen Händen. Etwas fällt leise klirrend auf den Boden. Es ist der Schlüssel, der zu den Handschellen passt. In meinem Rücken wird das Wasser abgestellt. Ich bücke mich schnell nach dem Schlüssel. Hände legen sich auf meine Taille, mein Hintern wird gegen eine Erektion gedrückt, mein Kleid wird feucht vom Wasser. Mir stockt der Atem. Ich wage nicht, mich zu bewegen.

»Habe ich dir schon gesagt, wie verdammt scharf dein Arsch in diesem Kleid aussieht?«

»Ich weiß nicht«, flüstere ich tonlos. Ich versuche mich aufzurichten, aber Logen legt mir eine Hand zwischen die Schulterblätter.

»Bleib so!« Seine Härte wird noch fester zwischen meine Arschbacken gedrückt. Blut rauscht in meinen Ohren und in meinem Unterleib zieht sich etwas lustvoll zusammen. Ich kann fühlen, wie ich feucht vor Erregung werde und der Stoff meines Höschens durchtränkt wird. »Gib mir den Schlüssel«, sagt Logan ganz ruhig. Er lässt meine Taille los, eine Hand wandert über meinen Arm nach unten und öffnet meine Faust, um den Schlüssel zu befreien. Die andere wandert nach vorne zur Handschelle, dabei muss Logan sich über mich beugen. Sein Oberkörper schmiegt sich feucht an meinen Rücken. Sein warmer Atem bläst in mein Ohr. »Du weißt, dass böse Mädchen bestraft werden?« Er drängt mich, mich aufzurichten, schiebt mich näher an das Heizungsrohr, um die Handschelle zu lösen. Dann dreht er mich zu sich um und drückt meinen Hintern gegen das Fensterbrett.

Ich sehe trotzig zu ihm auf, obwohl sich alles in mir nach ihm verzehrt. »Und du weißt, dass nicht du derjenige bist, der mich bestrafen darf? Immerhin warst du dir ziemlich sicher, dass du nicht mehr mit mir spielen möchtest.«

Seine Finger verkrampfen sich um meine Taille, sein Blick verhärtet sich und er sieht mich mit einer Mischung aus Schock und Zorn an. »Scheiß drauf«, stößt er rau hervor, packt mein Handgelenk mit der Handschelle und zerrt mich aus dem Badezimmer. »Scheiß drauf« waren auch seine Worte in der Umkleidekabine, bevor er mich fast in einem Einkaufscenter vernascht hätte. Eine wohlige Gänsehaut breitet sich über meinem Körper aus.

Er stößt die Tür zu seinem Schlafzimmer auf - ich hab es nicht anders erwartet, natürlich spartanisch; ein schwarzes Metallbett und ein Kleiderschrank, in der Ecke ein Ledersessel, mehr Zeit lässt Logan mir nicht, um mich umzusehen - und wirft mich auf das ungemachte Bett. Eine Wolke aus seinem Duft umgibt mich. Ich robbe rückwärts von ihm weg, er packt meine Füße und hält mich mit einem gefährlichen Funkeln in den Augen fest. »Wo willst du denn hin?«

»Weg von dir«, keuche ich mit zitternder Stimme und versuche nach ihm zu treten. Logan lacht nur dunkel, schiebt sich über mich und in einer blitzschnellen Bewegung schlingt er die Handschelle um eine der Streben am Kopfende und dann um mein zweites Handgelenk.

»Was soll das?« Ich sehe ängstlich auf meine Hände, dann wieder zu ihm. Er grinst mich wölfisch an, packt mich an den Hüften und dreht mich mit Schwung auf den Bauch. Langsam schmiegt er seinen Körper an meinen Rücken und ich bin mir nur allzu bewusst, dass er nackt ist. Mein Herz rast vor Panik und Aufregung. Mein Verstand dreht völlig durch. Ich fühle mich hilflos und so erregt wie noch nie zuvor. Feuchtigkeit durchnässt mein Höschen. Ich weiß, das hier macht mich scharf und ich will es. Zugleich will ich weg von Logan, weil ich plötzlich Angst vor diesem furchteinflößenden Mann habe, der meine Sinne zum Rotieren bringt wie kein anderer.

Seine Lippen streichen heiß über meinen Nacken. »Du wirst jetzt bestraft«, raunt er und rollt sich so unvermittelt von meinem Körper, dass ich erstarre, als die kühle Luft im Schlafzimmer, auf mein feuchtes Kleid trifft. Ich habe nicht lange Zeit, mich zu erholen. Ohne Vorwarnung trifft mich ein fester Hieb auf meinen Hintern.

»Aua«, keuche ich auf und versuche, mich nach Logan umzusehen, doch der drückt mich zurück auf die Matratze, hält mich mit einer Hand zwischen den Schultern fest, die andere streicht zärtlich über meinen Hintern, meinen Oberschenkel hinunter und entzündet kleine Funken auf meiner Haut. Verlangen durchflutet mich, gleichzeitig brennt mein Hintern vom Schlag und schickt merkwürdig erregende Signale durch meinen Körper. Logans Hand wandert wieder nach oben und schiebt den Stoff meines Kleides bis zu meinen Hüften nach oben. Dann spüre ich seine Lippen auf meinem unteren Rücken, seine Zunge, die mich zärtlich streichelt und sich bis zum Bund meines schwarzen Strings leckt. Finger rutschen unter die Bänder und zerren den String nach unten. Befreien meinen Hintern nur, um für einen weiteren Schlag Platz zu machen. Schmerz durchzuckt mich und lässt mich wohlig stöhnen. Logans Finger sind plötzlich zwischen meinen Schenkeln, teilen meine Schamlippen und streicheln flüchtig über die pulsierende Perle.

»Ich hatte so eine Ahnung, dass du es magst, wenn man dich bestraft«, sagt Logan rau. »Du bist nass, meine Süße.« Er taucht einen Finger in mich und drückt mich noch immer auf die Matratze mit einem unnachgiebigen Griff um meinen Nacken.

Ich wimmere in sein Kissen und hebe ihm bettelnd meinen glühenden Hintern entgegen. Flehe ihn stumm an, noch einmal die Stelle zu berühren, die mir Erlösung verspricht.

»Halt still«, befiehlt er. »So weit sind wir noch nicht.« Er lässt von mir ab, schiebt sich wieder über mich und löst die Handschellen. »Auch wenn ich es liebe, dich wehrlos zu sehen, aber dass du mich berühren kannst, wünsche ich mir noch mehr.

Ich setze mich auf, reibe über meine Handgelenke, dann sehe ich den hungrigen Blick, den Logan mir zuwirft und der mich fast lähmt. Wie kann ich es nur mit diesem Mann aufnehmen, ohne zu versagen? Wahrscheinlich hatte er in seinem Leben schon eine Menge Sex mit sehr erfahrenen Frauen. Ich atme zitternd ein. Logan bemerkt wohl meine Unsicherheit, denn er schüttelt den Kopf, legt eine Hand an meine Wange und lässt den Daumen über meiner Kehle kreisen. Eine Geste, die so erotisch und besitzergreifend zugleich ist, dass ich erschaudere.

»Du könntest mich niemals enttäuschen, sieh dich doch an. Dein Körper ist wie geschaffen für heißen Sex.« Er senkt seine Lippen auf meine. Erobert meinen Mund in einem stürmischen Kuss, der meinen Magen flattern lässt. Ich schlinge meine Arme um seinen Hals und ziehe ihn mit mir nach unten, zurück auf die Matratze. Logan löst sich von mir. »Wie wäre es, wenn wir erst einmal dieses Kleid loswerden, bevor ich noch ständig den gierigen Blick von diesem Kerl vor mir sehe.«

Ich verdränge den Gedanken, dass meine Unerfahrenheit es war, die meine Beziehung zu Steve so unerfüllt gemacht hat. Aber Steve hat mir ja auch nicht viel beibringen können. Etwas sagt mir, dass das mit Logan anders sein wird.

»Vielleicht solltest du es doch lieber verbrennen.« Er zerrt mir das Kleid über den Kopf und wirft es auf den Boden. Sein Blick fällt auf meine nackten Brüste, deren harte Knospen ihn einladend anbetteln. »Andererseits, wenn das heißt, ich muss mich nicht erst mit einem BH-Verschluss herumquälen, behalte es doch lieber.«

Er legt mich zurück auf die Matratze und sieht mir tief in die Augen. Ich möchte in diesen Tiefen versinken. Aber nicht jetzt, jetzt will ich das Wilde in ihm zurück, dass er mir noch vor wenigen Minuten gezeigt hat, als er meinen Hintern malträtiert und mein Innerstes zum Vibrieren gebracht hat.

»Wie wäre es, wenn wir die Zärtlichkeiten überspringen und du mich dafür bestrafst, dass ich mir während des Essens mit Larry vorgestellt habe, wie du mich vögelst?«

»Das hast du?«, fragt er und leckt mit seiner Zunge über meine Lippen. Er küsst mich gierig, dann beißt er kurz aber heftig in meine Unterlippe. Ich zucke zusammen, lecke über die schmerzende Stelle und schmecke Blut.

»Das war schon alles?«, will ich wissen und hebe ihm meine Hüften entgegen. Ich versuche, mich an seiner Härte zu reiben, aber er weicht mir mit einem ermahnenden Knurren aus.

»Noch lange nicht«, droht er. Er küsst mich ausgiebig und ich genieße seinen Geschmack auf meiner Zunge. Er saugt an meinen Lippen. Ohne Vorwarnung durchzuckt mich ein heftiger Schmerz, rollt durch meinen Körper und entzündet sämtliche Nervenenden. Logan hat mir in eine meiner Brustwarzen gezwickt. Sein Daumen umkreist die harte Knospe und vertreibt den Schmerz wieder. »Besser so?«

Ich nicke heftig atmend und dränge mich seiner Hand entgegen, die jetzt sanft meine Brust knetet. Logan küsst meinen Hals, saugt und knabbert und massiert. Entzündet winzige Feuer in meinem Körper und lässt sie explodieren, indem er kräftig in meine Brustwarze kneift. Er senkt seinen Mund auf die andere Brust, kratzt mit seinen Zähnen über die harte Knospe und saugt an ihr. Ich stöhne laut auf, bäume mich ihm entgegen und wimmere, wenn der Schmerz mich überrollt. Meine Finger bohren sich verzweifelt in seine Schultern. Dieses Spiel aus Lust und Schmerz erregt mich so sehr, dass ich mich wimmernd unter Logan winde.

»Logan, bitte«, fordere ich. Mein ganzer Körper scheint in Flammen zu stehen. »Bestraf mich!«

»Wie du wünschst«, antwortet er tonlos und küsst sich an meinem Körper nach unten. Dabei kratzen seine Zähne über meine Hüftknochen, seine Zunge leckt über die empfindliche Stelle über meinem Venushügel und seine Lippen saugen an meiner rasierten Scham, bevor er mit seinen Händen meine Schenkel auseinander drückt und mich für ihn entblößt. Er sieht zu mir auf und ich kann sehen, wie sehr er mit seiner Selbstbeherrschung kämpft. »Du kannst dir nicht vorstellen, wie oft ich in den letzten Tagen genau das in meiner Vorstellung getan habe.« Er grinst. »Nachdem ich dir den Hintern versohlt habe.«

Ich kralle meine Hände in sein Haar und drücke sein Gesicht dorthin, wo ich es jetzt unbedingt haben will. Auf meine zuckende Klitoris. »Und du glaubst nicht, wie oft ich dich in den letzten Tagen dafür erwürgen wollte, dass du mich einfach hängen lassen hast, bevor du das zu Ende gebracht hast, was du angefangen hattest.«

»Dann wird es Zeit, dass ich dich entschädige«, brummt Logan genau an dieser empfindlichen Stelle. Ich stöhne auf und erstarre, als seine Zunge auf meine Klitoris trifft.

»Logan«, seufze ich und meine Hüften zucken unter seinen Zungenschlägen. Er treibt grob zwei Finger in mich. Meine inneren Muskeln ziehen sich um ihn zusammen. Logan saugt an meiner Perle und sorgt dafür, dass sich all das Kribbeln und die Hitze in mir zusammenziehen. Dass mein Unterleib vor Erregung vibriert. Meine Atmung geht immer schneller, meine Finger zerren wie besinnungslos an Logans Haar.

»Lass los und komm für mich.«

Ich zucke an seinem Mund, werfe meinen Kopf hin und her. Der süße Schmerz wird immer unerträglicher. Ich wimmere und dann endlich zerreißt es mich. Ich zerspringe, falle von der Klippe und mein Körper schüttelt sich unter den heftigen Wellen meines Orgasmus. Logan schiebt seine Zunge tief in mich und kostet stöhnend von meiner Lust.

»Und jetzt kommen wir zu dem Teil mit der Bestrafung«, säuselt er gefährlich. Er klettert aus dem Bett, packt wieder meine Füße und zieht meinen Hintern bis an den Rand der Matratze. »Umdrehen!«

Ich bin noch benommen von meinem Orgasmus, weswegen ich einen Moment brauche, bis ich verstehe, was Logan von mir verlangt. Doch bevor ich reagieren kann, packt er schon meine Hüften und wirft mich auf den Bauch. Ich bleibe mit dem Oberkörper auf dem Bett liegen, meine Beine knien auf dem Boden. Logan kniet sich hinter mich, zieht das

Schubfach seines Nachtschränkchens auf und holt ein Kondom raus. Er reißt es auf und streift es über seine Erektion. Seine Hand legt sich zwischen meine Schenkel, dann dringt er mit dem Daumen in mich ein.

Ich bewege meine Hüften, dränge mich ihm sehnsüchtig entgegen. In diesem Augenblick wünsche ich mir nichts sehnsüchtiger, als ihn endlich tief in mir zu spüren. Er zieht seinen Daumen zurück und legt ihn auf meine Klitoris, treibt meine Erregung neu an. Ich lasse meine Hüften kreisen und erstarre unter dem Schlag, der meinen Hintern erneut zum Glühen bringt. Logan drückt seine Finger grob in meinen Hintern, zieht meine Schamlippen mit seinen Daumen auseinander. Seine Eichel drückt sich gegen meinen Eingang. Er schiebt sich langsam in mich. Zentimeter für Zentimeter dehnt er mich, zieht sich langsam zurück und schiebt sich wieder in mich.

»Bereit?«, fragt er.

Ich nicke und kralle meine Hände in seine Bettdecke. Er schiebt eine Hand in mein Haar und zieht daran bis meine Kehle entblößt ist, seine andere Hand hält meine Hüfte. Er zieht sich zurück und stößt grob in mich, bis ein köstlicher Schmerz tief in mir explodiert, als er gegen meine Inneren Barrieren stößt. Logan beschleunigt den Rhythmus. Blitze zucken in meinem Unterleib. Ich ändere den Winkel meines Beckens, so dass Logan mit jedem Eindringen gegen meinen G-Punkt stößt. Die qualvolle Energie beginnt wieder, sich aufzubauen. Treibt mich erneut den Gipfel hinauf, bis ich glaube, nach den

Wolken greifen zu können. Ich stöhne laut meine Lust hinaus und schreie Logans Namen, als ich um ihn herum explodiere. Logan lässt mein Haar los, legt die zweite Hand auch an mein Becken und stößt kraftvoller und ungeduldiger in mich. Ich brauche all meine Kraft, um mich dem Ansturm seines Verlangens widersetzen zu können. Meine Knie rutschen über den Dielenboden. Ich spreize die Beine weiter. Das Ziehen in meinem Unterleib baut sich von neuem auf.

»Logan«, flehe ich. Ich bin erschöpft. Mein Körper brennt, meine Muskeln zittern. So fühlt es sich also an, wenn ein Mann einen vollkommen ausfüllt, einem alles abverlangt. Es ist wunderbar und irritierend. Und vollkommen. Ich seufze zitternd.

»Noch einmal für mich, Süße«, keucht er und hämmert hart in mich. Treibt den Schmerz weiter. Logan erstarrt hinter mir. Er zuckt in mir, pumpt noch einmal seinen Schwanz in mich und schickt mich über die Klippe. Befriedigt und ausgelaugt lasse ich mich fallen. Logan sackt über mir zusammen, seine Arme umschlingen meine Taille. »Das war unerwartet heftig.«

Ich brauche Logans Hilfe, um zurück ins Bett zu krabbeln, nachdem er sich aus mir zurückgezogen hat. Noch immer spüre ich die Nachwehen meines letzten Orgasmus, seine Hand auf meinem Hintern und die kräftigen Stöße, mit denen er mir gezeigt hat, was ich mir so lange herbeigesehnt habe, ohne zu wissen, was es eigentlich ist. Aber jetzt weiß ich es. Was ich brauche ist harter, hemmungsloser Sex und Logan, der ihn mir gibt.

Logan legt sich neben mich, nachdem er das Kondom entsorgt hat, und zieht mich an seine Seite. »Ob deine Mutter Verdacht schöpft, wenn wir beide heute Nacht nicht im *Destiny* übernachten?«

»Hast du so große Angst vor ihr?«, necke ich ihn und reibe mit meinem Kinn über seine Brust.

»Du musst zugeben, Adrienne ist furchteinflößend.« Er küsst mich auf die Stirn. »Aber viel wichtiger ist, dass ich niemand anderen meinen Job zutraue.«

»Hat dir schon mal jemand gesagt, dass du ziemlich eingebildet bist.«

»Nicht so direkt, aber ohne genug Selbstbewusstsein hätte ich den Irak auch nicht überlebt.«

»Warum bist du zur Army gegangen?« Ich schmiege mich fester an seine Seite und lege die Wange auf seine Brust. Unter meinem Ohr klopft sein Herz gleichmäßig und ruhig. Seine Finger streicheln sanft meine Taille.

»Um vor meinem Vater zu fliehen. Wir waren nie die besten Freunde.«

Ich verspanne mich etwas. »Ich denke, du gibst ihm fälschlicherweise an allem die Schuld. Wusstest du nicht, dass deine Mutter bipolar ist?«

»Du bist wunderschön«, sagt er und lenkt vom Thema ab. Er will nicht darüber reden. »Das und dein Hang zum Widerstand sind eine gefährliche Mischung.«

»Ich hab es noch nie gemocht, kontrolliert zu werden. Das hat Adrienne schon vergeblich versucht.«

»Ich bin sicher, ich werde mehr Erfolg haben als sie.«

Logans Atem trifft auf die feuchte Stelle zwischen meinen Beinen. Erst weiß ich gar nicht, was dort unten passiert, doch dann zieht seine geschickte Zunge an meinem Verstand und lockt mich aus einem Traum, in dem Logan mich gerade nach allen Regeln der Kunst verwöhnt. Ich schlage die Augen auf, kämpfe mich zurück ins Hier und Jetzt und stöhne genüsslich, als ich Logans Finger tief in mir spüre.

»Guten Morgen, Süße«, murmelt er gegen meinen Venushügel, dann zuckt seine Zunge wieder wild über meine geschwollene Perle.

»Oh mein Gott, Logan!«, stöhne ich heiser. Mein Unterleib drängt sich ganz von allein seiner Verlockung entgegen. Ich kralle meine Finger in die Laken und stöhne laut. Logan kriecht an mir nach oben und drückt seine Lippen auf meine. Ich kann mich selbst auf seiner Zunge schmecken. Ich schlinge die Hände in sein Haar, umschlinge seinen Körper mit meinen Beinen und drücke meine pulsierende Hitze gegen seine Erektion.

»Das war die Reaktion, die ich mir erhofft habe, als ich ein Kondom über meinen Schwanz gezogen habe und begonnen habe, dich mit meiner Zunge aus dem Land der Träume zu lecken. Wusstest du, dass du im Schlaf meinen Namen gestöhnt hast? Das war ziemlich unfair von dir. Ich konnte dich die Sache doch nicht ohne mich durchziehen lassen.«

Ich lecke über seine Lippen und küsse mich zu seinem Hals. »Ich muss zugeben, das wäre wirklich gemein von mir gewesen. Werde ich jetzt wieder bestraft?«

»Dieses Mal beschränke ich es auf süße Folter.«
Logan greift zwischen uns und drückt seine Eichel
gegen meinen Eingang, dann schiebt er sich langsam
und zärtlich in mich, dabei hält er meinen Oberkörper fest umschlungen. Er beginnt seine Hüften
langsam zu wiegen, sein Blick brennt sich liebevoll
in meinen. Ich habe das Gefühl, dieses Mal hat er
nicht vor, mich zu vögeln. Dieses Mal will er Liebe
machen. Nein. Ich schüttle in Gedanken den Kopf.
Es ist nur einfach zu früh am Morgen für harten,
hemmungslosen Sex.

Ich drücke mich an ihn, komme langsam seinen
Stößen entgegen und genieße, wie sich die Erregung
zähflüssig und träge in mir aufbaut. Wie sein Schaft
bei jedem zärtlichen Eindringen über meine geschwollene Klitoris reibt und mich der ersehnten
Erfüllung näher bringt. Selbst dieser sanfte, zärtliche
Sex fühlt sich mit Logan vollkommen an. Er schafft
es, dass Hitze durch meine Adern pulsiert, mein
Verstand sich abschaltet und mein Körper nur noch
fühlt: Lust, Verlangen, Begehren und die Sehnsucht
danach, dass das hier nie zu Ende geht. In meinem
Inneren schwillt der Druck immer weiter an. Mit
jedem Stoß treibt er mich weiter fort auf der Welle
der Erregung, bis sich mein Unterleib kribbelnd zusammenzieht und ich bebend in Logans Armen komme, während sein feuriger sehnsuchtsvoller Blick
sich tief in mein Herz brennt.

10. Kapitel

Das Haus von Logans Eltern ist eins der viktorianischen Stadthäuser in der Kew Terrace in Dowanhill. Einem Viertel, in dem die ganz besonders noblen Villen stehen. Und das ist diese Villa hier auch. Es verschlägt mir glatt die Sprache, als wir den weiträumigen Eingangsbereich des Hauses betreten, der in eine große, weitläufige Halle fließt von der aus eine wundervolle, geschwungene Freitreppe in die obere Etage führt und mehrere Türen abgehen. Durch eine dieser Türen gehen wir jetzt. Da die Zeit heute Morgen etwas knapp geworden ist, hat Logan mich nur zum Verlag gefahren, wo ich eine Kopie des Manuskriptes geholt habe und in das Kostüm geschlüpft bin, das ich gestern als zweite Auswahl mitgenommen habe.

Wir betreten ein großes Wohnzimmer, in dem sich zwei viktorianische Sitzgruppen und ein großer mit glänzendem mahagonifarbenem Holz verkleideter Kamin befinden. In derselben Farbe sind auch die Dielen gehalten. Alles wirkt, als würde ich mich in einem Traum befinden. Mitten hineingestolpert in einen Jane Austen Film.

Logans Mutter ist eine sehr freundliche und ausgeglichene Frau, aber ich weiß, dass sich das jeden Moment ändern könnte und sie dann in eine tiefe Depression stürzen könnte. Im Moment strahlt sie über das ganze Gesicht, als der Butler uns zu ihr bringt. Sie sitzt auf einem der viktorianischen Sofas, das Haar fällt ihr in weißblonden Wellen bis auf die Schultern. Ihre Gesichtszüge sind sehr weich und wirken jünger, als sie eigentlich ist. Trotzdem sieht man ihr die Strapazen an, die das Leben ihr auferlegt hat. Ihre Hand zittert ein wenig, als sie sie mir hinhält.

»Mein Name ist Hope«, stelle ich mich vor. Logan ist irgendwo hinter mir mitten im Raum stehengeblieben. »Ich bin die Lektorin des Verlags, der die Biografie Ihres Mannes veröffentlichen wird.«

»Und Sie sind die Frau, mit der mein Sohn schläft«, stellt sie locker fest und lächelt. Sie klopft neben sich auf das Sofa, während ich noch immer um Fassung kämpfe. Wie hat sie das mitbekommen? Ich setze mich neben sie und werfe Logan einen fragenden Blick zu. Der steht mit in den Taschen seiner Anzughose versenkten Händen mitten im Raum und hat eine Augenbraue hochgezogen. Sorgen macht mir das Grübeln, das sich in den Fältchen um seine Mundwinkel abzeichnet.

»Keine Sorge«, meint Hannah Walker. »Er hat keinen Ton gesagt. Mir ist sein Blick auf ihren Hintern aufgefallen, als sie eben vor ihm reingekommen sind.« Hitze schießt mir in die Wangen. Warnend sehe ich zu Logan auf, doch dessen zorniger Blick übertrifft meinen. Und dieser Zorn gilt nicht seiner Mutter, sondern mir. Nervös reibe ich mir über den Unterarm. »Also dann, zeigen Sie mal her, weswegen Logan sich weigert, die Biografie seines Vaters fertigzustellen.«

Aus meiner Handtasche ziehe ich die Kopie des Manuskripts und reiche es an Logans Mutter weiter. Sie nimmt den Stapel gebundener Blätter, dann sieht sie zu Logan auf. Als der nicht reagiert, schüttelt sie den Kopf. »Jetzt zeig ihr schon das Haus. Es kann nicht schaden, wenn sie ein paar Eindrücke mitnimmt.«

Mit einem vernehmlichen Brummen wendet Logan sich um, Hannah gibt mir einen Stoß in die Seite und zuckt mit dem Kopf in seine Richtung. »Nun geh schon. Ich schau in der Zeit mal, was Charly so geschrieben hat.«

Ich stehe auf und laufe eilig hinter Logan her, der schon fast in der oberen Etage ist. An den Wänden des langen Flurs hängen große schwarz-weiß Aufnahmen und goldene und silberne Schallplatten. Vor einem Foto, das Charly mit Michael Jackson zeigt, bleibe ich stehen. Ich kann nicht behaupten, dass ich ein Fan von Michael wäre - meine Musik ist guter alter Rock -, aber es fühlt sich merkwürdig an, wie real dieses Bild, auf dem Charly neben einem so großen Star steht, die Tatsache werden lässt, dass Logan der Sohn von einer Berühmtheit ist. Nicht nur einer Berühmtheit. Es gibt kaum jemanden, der nicht Hannahs Namen kennt. Wenn es irgendwo in den Medien einen Bericht über Charly Walker gibt, dann fällt auch ihr Name. Alle nennen sie Hannah Walker, die Rockprinzessin, die Charlys finstere Seele noch finsterer gemacht hat. Die Beatles hatten ihre Yoko Ono, *Yggdrasil* hatten Hannah Walker. Eine Frau auf deren Schultern all der Hass von Millionen Fans lastet. Charly Walkers Kampf war am Ende umsonst gewesen.

»Hannahs Schlafzimmer, sein Zimmer, sein Büro ...«, schmeißt Logan mir vor die Füße, ohne sich auch nur einmal zu mir umzudrehen. Brav folge ich ihm, werfe einen kurzen Blick in die Zimmer und nicke hier und da, lasse Logans Verhalten aber unkommentiert. Ich will mich in diesem Haus nicht mit ihm streiten. Und um überhaupt streiten zu können, muss ich erst einmal wissen, um was es in unserem Streit geht. Trotzdem sitzen die Verletzung und der Schmerz tief, nach dieser Nacht und dem heutigen Morgen.

Nach der oberen Etage zeigt er mir das Erdgeschoss und danach das Souterrain. »Das Aufnahmestudio.« Im Studio bleibt er stehen und dreht sich endlich zu mir um.

»Danke«, sage ich. »Dein Talent für Führungen ist unverkennbar. Vielleicht gehen wir demnächst gemeinsam in ein Museum«, schlage ich vor. Ich baue mich vor ihm auf, die Arme vor der Brust verschränkt. »Und jetzt erzählst du mir, was es mit deiner schlechten Laune auf sich hat.«

»Es ist alles in Ordnung.«

»Aha«, mache ich. »Das Gefühl hatte ich eben nicht.«

Logan sieht an mir vorbei, als sich hinter uns die Tür zu dem Raum auf der anderen Seite der Glasscheibe öffnet und seine Mutter hereinkommt. Sie winkt uns mit dem Manuskript in der Hand zu und bedeutet uns, zu ihr herüber zu kommen. Ich folge ihrer Aufforderung sofort, besser ich gehe Logan aus dem Weg, bevor ich noch etwas sage, das ich später bereuen könnte. Ich kann nur vermuten, was ihn so verstört hat, dass er sich plötzlich aufführt wie ein taktloser Gorilla. Mein Gefühl sagt mir, es hat mit dem zu tun, was seine Mutter über uns gesagt hat. Hannah sitzt auf einem dunkelroten Sofa. Das Manuskript liegt auf ihrem Schoß. Sie lächelt, aber dieses Lächeln ist nur aufgesetzt. Ein Lächeln für mich, das verbergen soll, dass es ihr nicht so gut geht. Ich kann sie verstehen, diese Biografie wird sie vor sehr vielen Menschen entblößen. Aber, und da bin ich mir sehr sicher, sie wird sehr viele Menschen auch verstehen lassen. Vielleicht erreicht sie sogar ein besseres Bewusstsein für Hannahs Erkrankung. Ich setze mich neben sie und nehme ihre Hand in meine.

»Mach dir keine Sorgen, ich hab über die Jahre ein dickes Fell bekommen. Es musste noch dicker werden, seit mein Charly mich verlassen hat.« Sie sieht auf zu Logan, der auf dem Bürostuhl Platz genommen hat, der vor dem Mischpult steht. »So wie ich meinen Sohn kenne, hat er nicht einmal versucht, auch nur eine Zeile zu lesen. Seit er ins Teenageralter gekommen ist, hat er seine eigene Meinung zu seinem Vater. Egal, was ich versucht habe, ihm zu erklären, er hat es nicht zugelassen.« Hannahs Stimme klingt müde und traurig. Ich streichle ihre Hand, die noch immer in meiner liegt.

»Logan ist ein Mann, der nicht zusehen kann, wenn einer Frau Unrecht getan wird«, setze ich an. Ich kann ihn dabei nicht ansehen, weil ich weiß, dass er mich gerade noch weniger leiden kann. Es wird ihm nicht gefallen, dass seine Mutter traurig ist und dafür wird er mir die Schuld geben. »Sie sind jahrelang von den Medien aufs Korn genommen worden, obwohl Charly versucht hat, die Schuld für alles auf sich zu nehmen. Logan wollte nichts anderes als sein Vater. Er wollte Sie beschützen und für ihn war es Charly, vor dem Sie beschützt werden mussten.«

»Es war von Anfang an ich, die beschützt worden ist.« Sie sieht ihren Sohn an und deutet mit einem Nicken auf das Manuskript. »Dein Vater hat das nicht allein geschrieben. Wir haben es zusammen geschrieben und ich habe darauf bestanden, dass er dieses eine Mal nicht mein Held ist. Dass er dieses eine Mal die Wahrheit schreibt. Der Plan war, dass du es lesen sollst. Du solltest verstehen, wie ähnlich du deinem Vater bist. Da du nicht zuhören wolltest, wollten wir dich so dazu bringen, die Wahrheit zu akzeptieren. Dass ich nicht dieser perfekte Engel bin, zu dem du mich in deiner Fantasie gemacht hast.« Sie lächelt und tätschelt meine Hand. »Alles, was er getan hat, hat er für mich getan. Um mich zu beschützen. Wir haben natürlich nicht damit gerechnet, dass du weiter stur bleibst und am Hass auf deinen Vater festhältst.«

»Es stimmt also nicht, dass er es mit jedem Groupie getrieben hat, der ihm begegnet ist und du deswegen halb wahnsinnig geworden bist?« Logans Stimme vibriert vor Wut.

Seine Mutter sieht ihn bedauernd an. »Wenn wir schon einmal bei der Wahrheit sind, dann bleiben wir auch dabei. Dein Vater hat mich geliebt. Bis zu seinem Tod. Er hat mich nicht ein einziges Mal mit einer anderen Frau geschlafen. Ich dagegen habe ihn unzählige Male betrogen.«

»Die Bilder in den Medien sagen etwas anderes«, entgegnet Logan düster.

»Ja, das stimmt. Wir hatten einen Deal. Du kennst dieses Gerücht, dass es zwischen deinem Vater und mir diesen Sexdeal gab. Er besagt, dass jeder von uns mit anderen Partnern Sex haben darf. Ein für deinen Vater sehr wichtiger Teil dieser Abmachung war, dass wir nur ein einziges Mal mit dem jeweiligen Partner Sex haben dürfen. Obwohl dein Vater mir diesen Freifahrtschein gegeben hat, war er eifersüchtig. Die Vorstellung, er könnte mich an einen anderen Mann verlieren, hat ihn fast in den Wahnsinn getrieben. Das war es auch, was ihn am Ende umgebracht hat. Das war seine einzige Bedingung an mich. Nur ein Mal. In meinen manischen Phasen habe ich mit unzähligen Männern geschlafen. Die Fotos, die ihn in aller Öffentlichkeit mit anderen Frauen zeigen, sind alle von ihm gestellt. Er hat die Groupies an sich rangelassen, damit die Paparazzi ihre Bilder von seiner Untreue machen konnten, aber er hat die Mädchen nie mit auf sein Zimmer genommen. Diese Bilder sollten von mir ablenken und sie sollten mir mein schlechtes Gewissen nehmen, wenn ich aus einer manischen Phase in eine Depression gestürzt bin. Ich hab erst kurz vor seinem Tod erfahren, dass er nie etwas mit einer anderen Frau hatte.«

Sie atmet tief ein, ihr Daumen streicht nervös über meinen Handrücken. Logan sieht zur Seite und mustert die verschiedenen Schalter und Knöpfe auf dem Mischpult. Er versucht es zu verbergen, aber ich kann sehen, dass er über die Dinge nachdenkt, die er eben gehört hat.

»Alles, was er getan hat, all die Skandale, Alkoholexzesse, Drogen ... er hat es gemacht, damit die Presse ihn im Visier hat und nicht mich. Und die Jungs haben ihm dabei geholfen. Sie wussten Bescheid. Traver war nie alkoholkrank. Und als Henry damals ins Publikum gepinkelt hat, war er vollkommen nüchtern. Die abgebrochenen Konzerte? Nur, weil deine Oma es allein nicht geschafft hat, mich davon abzuhalten, mir die Pulsadern aufzuschneiden. Ich hab nicht versucht, mich wegen ihm umzubringen. Sondern wegen mir. Er hat es gehasst, nicht bei mir sein zu können. Aber die Plattenfirma hat ihn nicht aus dem Vertrag gelassen. Am Anfang war dieser Vertrag für die Jungs wie ein Lottogewinn, aber als sie mitbekommen haben, was mit mir los ist, war der Vertrag ein Fluch.« Sie sieht ihn besorgt an. Ich kann nur hoffen, dass ihre Worte zu ihm durchdringen.

»Hope«, sagt sie zu mir. »Gib mir ein paar Minuten mit ihm.«

»Okay«, flüstere ich heiser. In meinem Hals sitzt ein Kloß von der Größe des Ben Nevis. Ich stehe auf und gehe in den kleinen Flur vor dem Studio. Dort setze ich mich in den Sessel, der in einer Ecke steht und über dem ein Foto hängt, das *Yggdrasil* in diesem Studio zeigt bei einer Aufnahme zusammen mit der Band *Wild Novel*. Das Foto muss etwa zwei Jahre alt sein. Ich kann mich noch sehr gut an das Musikvideo der beiden Bands erinnern: eine Liebeserklärung an Hannah.

Ich weiß nicht, ob es den beiden bewusst ist, aber ich kann sie hier draußen reden hören. Im Nachhinein wäre es mir lieber gewesen, ich hätte sie nicht gehört.

»Ich will dich nicht zwingen«, sagt Hannah. »Aber lies es.« Sie lacht leise. »Dein Vater und ich hätten uns sonst die ganze Arbeit umsonst gemacht. Unser Plan wäre nicht aufgegangen. Alles, was da drin steht, ist wahr.«

»Auch, dass ich eine Schwester habe?« In Logans Stimme schwingt noch immer Zorn mit. Ich muss mich zwingen, den frustrierten Seufzer, der mir auf der Seele liegt, nicht auszustoßen.

»Auch das«, bestätigt Hannah. »Sie ist zwei Jahre älter als du. Und sie lebt in Edinburgh, mehr weiß ich leider nicht über sie.«

»Du hast nicht nach ihr gesucht?«

»Nein, meine Angst, dass sie ist wie ich, war zu groß. Eine Zeit lang hatte ich diese Angst auch wegen dir. Wechselnde Frauen, keine Beziehung, deine Launen und all dieser Selbsthass, nur weil du dich fürchtest, du könntest wie dein Vater sein. Oder das, was du dort oben in deinem Kopf aus deinem Vater gemacht hast. Aber dann ist dein Vater dahinter gekommen. Du glaubst, du könntest sie genauso verletzen wie dein Vater mich verletzt hat. Aber das hat er nicht. Das musst du nicht befürchten, du bist der gleiche wundervolle Mensch wie dein Vater. Ein Mann, der beschützt und nicht verletzt.«

Meine Kehle schnürt sich noch enger zu bei Hannahs letzten Worten.

»Das ist es nicht«, sagt Logan. »Callgirls verpflichten einfach zu nichts.«

»Genau das ist es. Du hast Angst, sie an dich ranzulassen. Verbock das nicht mit der Kleinen. Sie ist die Richtige.«

Mein Herz klopft mir bis zum Hals. Was tut Hannah da? Sie glaubt, ich wäre die Richtige? Ich bekomme Atemnot. Das meint sie nicht so. Selbst ich weiß, dass ich nicht die Richtige bin. Und Logan ist nicht der Richtige für mich.

»So ist das nicht. Die Sache hat nichts zu bedeuten.«

»Du meinst, sie ist auch ein Callgirl?«

Ich schnappe verzweifelt nach Luft und kralle mich an die Armlehnen des Sessels. Sie hält mich für ein Callgirl oder ist das nur eine Metapher für: ein bedeutungsloses Abenteuer, das er schon morgen vergessen hat und durch eine meiner Freundinnen, vielleicht sogar durch meine Mutter, ersetzt?

»Es ist kompliziert.«

Das hat er nicht wirklich gesagt! Entrüstet schnappe ich nach Luft. Natürlich bin ich eine Komplikation für ihn. Ein Callgirl ist eine Entscheidung, die er bewusst getroffen hat im Wissen, dass diese Entscheidung keine Komplikationen nach sich zieht. Ich bin ein Fehler. Das waren seine Worte.

»Nein, eigentlich nicht«, sagt er jetzt. »Es ist nur Sex.«

Logan verabschiedet sich von seiner Mutter und ich stehe schnell von dem Sessel auf und schlüpfe durch den Durchgang, der zur Treppe nach oben führt, stelle mich vor eins der zahlreichen Fotos, die das Leben eines Mannes dokumentieren, der alles für die Frau gegeben hat, die er liebt und am Ende nur einen Ausweg kannte, nämlich den Tod. Als Hannah und Logan kommen, versteinere ich mein Gesicht zu einer Maske, die hoffentlich so perfekt ist, dass sie beide nicht mitbekommen, wie schwer getroffen ich mich fühle.

Hannah nimmt mich oben in der Eingangshalle in den Arm. »Kämpfen Sie um ihn. Ich kann es nicht mehr«, flüstert sie, bevor sie mir zum Abschied die Hand gibt. Ich sehe sie zweifelnd an und ich bin mir sicher, dass sie versteht, dass ich nicht daran glaube, dass Logan mich kämpfen lässt. Aber mit einem stummen Nicken verspreche ich ihr, es zu versuchen. Sie weiß, dass ich ihr Gespräch mit Logan gehört habe. Nur Logan selbst scheint ahnungslos.

Der Weg zum *Destiny* ist gefüllt mit drückender Stille. Logans Schweigen macht mich nervös. Ich würde ihn gerne fragen, ob er wirklich so über das denkt, was zwischen uns passiert ist. Ob die Anziehung, die uns beide auf diese Nacht zugetrieben hat, bei ihm jetzt besiegt ist. Denn bei mir ist sie das nicht. Ich fühle mich noch stärker zu ihm hingezogen. Möchte ihn mehr denn je berühren und für ihn da sein dürfen. Aber ich sage nichts. Verschweige ihm den Sturm der Gefühle, der in meinem Inneren einen Aufruhr auslöst. Verschweige ihm, dass ich Angst habe, dass er sich jetzt wieder zurückzieht. Dass er mich vielleicht sogar von sich stößt.

Vielleicht ist es besser, wenn ich einfach tue, was er wahrscheinlich von mir erwartet. Dass ich die Sache angehe wie ein Callgirl und die letzte Nacht vergesse, sie als Job ansehe, der erledigt ist. Damit er sie vergessen und aufatmen kann, in dem Glauben, mich nicht verletzt zu haben. Oder ich tue, was ich seiner Mutter versprochen habe und kämpfe um Logan. Nicht für mich, aber für ihn. Damit er irgendwann dazu bereit ist, einer Frau mehr von sich zu geben als eine Nacht mit bedeutungslosem Sex.

11. Kapitel

Vor vier Tagen war Logan mit mir bei Hannah Walker. Seitdem hat er kein einziges Wort mehr mit mir gesprochen. Er geht mir aus dem Weg. Es ist Ethan, der mich jeden Tag ins Büro fährt und wieder abholt. Als Ethan mir vor dem *Number 16* meinen Autoschlüssel weggenommen hat, hat er ihn behalten. Mein Betteln war nichts als lustige Unterhaltung für ihn. Als er dann auch noch darauf bestanden hat, mich zur Arbeit zu fahren, da war mein erster Impuls, zu Logan zu gehen und ihm den Kopf zu waschen. Aber dann habe ich an diesen kalten Blick gedacht, mit dem er mich am Sonntag bedacht hat, als ich ihm im *Destiny* zufällig über den Weg gelaufen bin. Wenn ich nicht vorher schon verletzt war, dieser Blick hat mich verletzt. Aber diese Verletzung darf ich ihm nicht zeigen. Nicht, wenn ich mein Versprechen halten will. Also habe ich gar nichts unternommen. Jeden Morgen und jeden Abend steige ich brav neben Ethan in den SUV. Wir reden kaum. Am Montag hat Ethan noch versucht, aus mir herauszubekommen, was zwischen Logan und mir vorgefallen ist. Am Dienstag hat er mir erzählt, dass Logan eigentlich kein schlechter Kerl ist. Heute reden wir gar nicht.

Aber daran liegt es nicht, dass ich so verzweifelt aus diesem Auto springen will. Es ist, weil heute

Mittwoch ist. Das *Destiny* hat heute geschlossen. Und wenn ich Logan nicht über den Weg laufen will, dann werde ich den ganzen Abend in meinem Zimmer verbringen müssen, während meine Freundinnen unten in der Bar Drinks kippen, sich mit Logans Männern unterhalten und wer weiß, vielleicht sehen sie sich heute Abend die Verfilmung von *Fifty Shades of Grey* an. Nicht, dass ich diesen Film unbedingt sehen will. Aber ich würde ihn eben gerne zusammen mit meiner Familie sehen wollen. Nur nicht, wenn Logan dabei ist und mir kalte, verstörende Blicke zuwirft, während ich mich danach verzehre, ihn spüren zu dürfen.

Das *Destiny* ist das letzte Haus der Sandhill Road. Als Kind bin ich immer auf den Dachboden geklettert und habe durch das kleine runde Fenster über die hohe Mauer geschaut. Hinter dieser Mauer befindet sich der Sandhill Golfplatz. Wie das *Destiny* eine trügerische Ruhe inmitten von Glasgow. Aber Glasgow hat viele dieser Zonen, die nach außen hin ruhig und normal wirken. Trotzdem weiß jeder, dass nichts an Glasgow normal ist.

Glasgow ist die Stadt mit den meisten Morden pro Jahr in Europa. Sie ist die Stadt in der Kinder sich gegenseitig in sinnlosen Gangkriegen töten. Sie ist die Stadt, in der die Lebenserwartung bei 54 Jahren liegt. Hier gehen die Menschen vorbei, wenn eine Frau vor den Toren eines Hauses auf der Straße liegt.

Ethan stoppt das Auto und springt auf die Straße. Mein Herz hämmert, als ich wie in Trance die Beifahrertür öffne und ihm folge. Vor den Toren des

Destiny liegt eine Frau. Sie liegt da, als hätte sie jemand dort fallenlassen. Der Kopf verdreht, Arme und Beine weit abgewinkelt. Ihr Gesicht eine blutige hässliche Fratze.

»Chelsea Smile«, sagt Ethan und tastet nach dem Puls der Frau. Chelsea Smile, ich kenne diesen Begriff. Das ist Glasgow Slang für eine der grausigsten Foltermethoden, die die Jugendgangs in Glasgow kennen. Sie schneiden ihrem Opfer die Mundwinkel ein, dann tritt man es, löst einen heftigen Schmerz aus. Das Opfer reißt den Mund auf, um zu schreien und die Schnitte in den Mundwinkeln reißen bis zu den Ohren auf. »Logan, vor den Toren liegt eine gefolterte Frau. Sorg dafür, dass die Mädchen in ihren Zimmern verschwinden und der Doc seinen Arsch hierher bewegt«, brüllt Ethan in sein Handy und legt wieder auf. Er schiebt die Arme unter den schlaffen Körper der Frau und hebt sie hoch.

Ich renne zum SUV und reiße die Kofferraumklappe hoch, damit Ethan die Frau vorsichtig auf die Ladefläche legen kann. »Der Doc ist doch ein Krankenwagen, oder?«, frage ich, weil ich befürchte, dass den Doc anrufen nicht bedeutet, dass sie vorhaben einen Krankenwagen zu rufen. Ich kann nur hoffen, der Doc ist wirklich ein Doktor.

»Der Doc ist ein Freund von uns. War mit uns im Irak. Aber ja, er ist Arzt.«

»Aber wir müssen sie in ein Krankenhaus bringen«, sage ich mit zitternder Stimme.

Ethan sieht mich ungeduldig an. »Steig ein oder lauf den Rest«, sagt er. Ich steige auf den Beifahrersitz. Ethan lässt den Motor an, dann sieht er mich an. »Wir können in diesem Spiel keine Polizei brauchen, deine Mutter wird sonst lange Zeit im Knast sitzen. Und was mit ihr da drin passiert willst du nicht wissen. Ronny McCraw hat seine Leute überall. Da drin können wir sie nicht beschützen. Keine Angst, der Doc ist richtig gut. Kann dir gar nicht sagen, wie oft der Mann uns schon zusammengeflickt hat.« Er fährt sich mit einer Hand über das Gesicht.

»Wenn der Mann so gut ist, wieso flickt Logan sich dann selbst zusammen?« Das Tor öffnet sich und Ethan lenkt den SUV auf das Anwesen. Oben vor dem Haus kann ich Logan stehen sehen. Seinem Gesichtsausdruck nach zu urteilen ist er alles andere als begeistert. Ich unterziehe ihn einer besorgten Musterung, als ich sein unrasiertes Gesicht sehe. Ich habe ihn noch nie unrasiert gesehen. Und so müde. Was hat er in den letzten Tagen getan? Wo ist er gewesen?

Ethan lacht leise. »Wenn wir den Doc wegen jedem Kratzer holen, kommt er bald gar nicht mehr.«

»Ja, das erklärt es natürlich«, sage ich sarkastisch, öffne die Autotür und laufe hastig um den SUV herum. Logan ist schon da, reißt die Kofferraumklappe auf und hebt die Frau mit einem lauten Fluch auf seine Arme. Meine Mutter taucht an der Tür auf, als sie die Frau sieht, entgleist ihre sonst so starre Maske und Tränen laufen über ihre Wangen.

»Dein »Freund« ist ein verfluchtes Arschloch«, murmelt Logan, als er die Frau ins Haus trägt.

Meine Mutter eilt an ihm vorbei und reißt die Tür zu einem der Separees auf. »Nenn ihn nicht

160

meinen Freund«, verlangt meine Mutter mit hartem vorwurfsvollem Tonfall.

Ich denke nicht darüber nach, dass ich hier eigentlich nicht rein darf und folge ihnen. Logan legt die Frau auf ein großes rundes Bett an dessen Seiten Fesseln herunterhängen. Die Frau stöhnt, als Logan die Arme unter ihr hervorzieht. Eins ihrer Augen ist zugeschwollen. Überall in ihrem Gesicht, auf ihrem blonden Haar und auf ihrem Hals klebt Blut. Sie trägt keine Schuhe, nur ein Kleid, das nach Kupfer vom Blut und Urin stinkt. Sie muss sich vor Angst eingemacht haben. Ich will nicht darüber nachdenken, was ihr noch alles angetan wurde. Was mit ihrem Gesicht geschehen ist, ist grausam genug.

»Dein Messer«, sagt er zu Ethan, wirft mir einen flüchtigen Blick zu, dann nimmt er Ethans Messer und beginnt das blaue Minikleid der Frau aufzuschneiden. Unter dem Stoff kommen großflächige Flecken auf ihrem Körper zum Vorschein. Es sieht aus, als hätte jemand auf sie eingetreten. In ihrem Höschen steckt ein Briefumschlag. Logan zieht ihn heraus. Ethan kneift die Lippen fest zusammen und runzelt die Stirn. »Schaff sie hier raus«, sagt er zu Ethan. Und obwohl er mich dabei nicht einmal ansieht, weiß Ethan, dass Logan mich meint.

Ich schüttle den Kopf, als er auf mich zukommt. »Ich bleibe hier. Ich hab es satt, dass ihr mit mir umspringt, als wäre ich ein Kind«, sage ich mit fester Stimme. Auch wenn der Anblick dieser Frau mich in Panik versetzt, ich bin entschlossen, mich nicht länger ausstoßen zu lassen. Wenn dieser Mann solche Dinge fertigbringt, dann will ich wissen, was mich erwartet. Ich will wissen, wie ich meine Mutter beschützen kann.

»Er schreibt, die Kleine ist nur der Anfang. Es werden weitere folgen, wenn du dich ihm nicht stellst«, sagt er an meine Mutter gerichtet.

Meine Mutter macht einen Schritt zurück. Sie legt eine Hand auf den Mund und stützt sich auf einem kleinen Schränkchen auf, auf dem ein Korb mit Kondomen liegt. Ich habe sie schon weinen sehen, wütend toben oder auch mal verzweifelt schreien. Aber jetzt verzieht sich ihr Gesicht zu einer panischen Maske mit weit aufgerissenen Augen. »Ich kann das nicht zulassen. Ich gehe zu ihm.«

Mir bleibt vor Angst die Luft weg bei der Vorstellung, dass sie sich freiwillig in die Hände von so einem Monster begibt.

»Doch kannst du. Wir bekommen ihn und dann wird er dafür bezahlen.«

»Erklärt mir noch mal, warum die Polizei ihn dafür nicht drankriegt«, sage ich und zeige auf die bewusstlose Frau.

»Weil er die Drecksarbeit auf seine Gangs abwälzt. Wir müssen ihn erwischen, aber der Feigling versteckt sich«, sagt Ethan.

Dimitri kommt herein, an seiner Seite ein Mann, der zwar breite Schultern und Muskeln unter den vielen Tattoos an seinen Armen hat, aber neben Dimitri wirkt er schmächtig und harmlos. »Hab ihn gerade aufgesammelt.«

»Doc, schön dass du dich so ungern an Verkehrsregeln hältst«, begrüßt Logan ihn.

»Ich halte mich sogar gern dran. Aber wenn ihr anruft, weiß ich, dass die Scheiße sich bis zur Decke stapelt«, murmelt er, ignoriert Logans Hand und geht zum Bett. Er stellt seine Arzttasche auf dem Boden ab und flucht laut, als er die Frau sieht. »Kennt ihr sie?«

»Nein«, sagt meine Mutter.

»Wahrscheinlich eine Prostituierte«, wirft Logan ein.

»Ihr solltet euch bessere Freunde suchen. Der hier leistet schlechte Arbeit.«

»Das war er nicht, vermutlich die Kids der Back Wings. Mit denen hatte ich dieser Tage schon das Vergnügen. Die stehen auf ihre Chibs. Damit schlitzen die gerne alles auf, was sich ihnen in den Weg stellt.«

Ich sehe Logan an und ich weiß, er meint den Angriff mit dem Messer auf sich.

»Muss ich mir das ansehen?«, will der Doc wissen.

»Nur wenn du meine saubere Arbeit bewundern willst.«

»Also nicht. Dann mal raus mit euch und lasst mich arbeiten.« Er zeigt auf mich. »Süße, ich brauch abgekochtes Wasser und ein paar saubere Tücher.«

Warum ist alles so anders geworden? Wann ist das Leben im *Destiny* so kompliziert geworden? Wieso sitzen alle am Tisch und keiner redet? Mein Leben ist aus den Fugen geraten, als ich nach Hause zurückgekommen bin. Dabei gab es nur diesen einen Ort auf der Welt, an dem ich immer glücklich war. Darauf konnte ich mich verlassen. Sobald ich unten durch die Tore getreten bin, gab es keine merkwürdigen Blicke, kein Wegdrehen und keine Einsamkeit mehr. Und jetzt ist alles anders. Ich sitze mit fünfzehn Menschen an einem Tisch und trotzdem bin ich einsam. Weil diese fünfzehn Menschen in dem Grauen erstarrt sind, das dieses Haus - diese Familie - getroffen hat. Das *Destiny* sollte ihnen allen Sicherheit vor dem bieten, das sie draußen haben erdulden müssen. Und jetzt hat Glasgow uns eingeholt mit all seiner Gewalt, der Kriminalität und den Kindern, die keine Kinder mehr sind, weil sie Dinge tun, die man nie von ihnen erwarten würde. Dinge wie eine Frau foltern, weil ein Mafiaboss es von ihnen verlangt. Ronny McCraw heißt das Monster. Diesen Namen hat Ethan vorhin in der Panik fallenlassen. Einen Namen, den jeder in Glasgow kennt, weil er selbst aus dem Knast heraus diese Stadt regiert hat. Warum ich nicht gleich auf ihn gekommen bin, als meine Mutter von einem Ronny sprach, liegt einzig daran, dass die Vorstellung, ein Mann wie er könnte sich für jemanden wie meine Mutter interessieren, so unwirklich ist.

»Euer Doc ist ein merkwürdiger Typ«, sagt Belle mit einem gestellten Lächeln auf ihren Lippen. Sie versucht, die Ruhe zu durchbrechen, die unangenehm auf uns allen lastet. »Er hat sich neben seine Patientin ins Bett gelegt und hat von mir verlangt, dass ich ihn fessle. Ich hab erst gedacht, das wäre ein perverses Spiel. Aber sobald er gefesselt war, hat er die Augen zugemacht und geschlafen. Irre.«

»Von mir wollte er eine Tasse Kaffee, dreiviertel voll mit Whisky, den Rest Kaffee«, sagt Susi monoton.

»Man gewöhnt sich dran, wenn man ihn besser kennt. Jeff hat eine Menge Mist gesehen.«

Ich stehe vom Tisch auf, weil ich es nicht länger ertrage, zuzusehen, wie sich meine Mutter bemüht so zu tun, als wäre unsere Welt nicht gerade dabei, zu zerbrechen, indem sie uns zwingt wie jeden Abend hier zusammen zu sitzen. Ich hätte mich widersetzen sollen, dann hätte ich wenigstens Logan nicht sehen müssen, der es kaum fertigbringt, mich anzusehen.

»Hab noch Arbeit«, murmle ich als Entschuldigung und verlasse diesen Sarg. Draußen im Flur atme ich tief durch und versuche, die Anspannung von meinem Körper fallenzulassen indem ich den Kopf hin und her bewege.

»Warte!«

Ich drehe mich um, die Hand an der Türklinke zu meinem Zimmer und setze eine starre Maske auf. »Logan?«

Er bleibt vor mir stehen und wirkt müde und angespannt. Mittlerweile hat er sich rasiert. »Wie geht es dir?«, will er wissen, aber ich bin mir sicher, eigentlich will er mir etwas anderes sagen. Er braucht wohl nur etwas Anlauf, um mir zu sagen, dass ich kompliziert bin und unser Sex nichts zu bedeuten hat. Es wird ihn vielleicht überraschen, aber bei Letzterem gebe ich ihm sogar recht. Ich habe schon vor Tagen abgeschlossen, zumindest rede ich mir das ein. Er und ich hatten Sex, das war es.

»Ich werde es überleben. Warum sagst du mir nicht, was du sagen willst, dann können wir wieder

so tun, als wären wir nicht vor ein paar Tagen übereinander hergefallen.«

Logan runzelt die Stirn, tritt von einem Bein auf
das andere. »Ich hab es gelesen, bis Ende der Woche
hast du das Ende. Ich bin niemand, der mit Worten
umgehen kann, deswegen wollte ich dich fragen, ob
du mir beim Finden der richtigen Worte helfen
kannst.«

»Ich werde ja nicht befürchten müssen, dass du
versuchst, dich in mir zu vergraben, also ja«, sage
ich und verwende mit Absicht die Worte, die er
benutzt hat, als er mich gefragt hat, ob ich mit ihm
schlafen will. Eigentlich sollen ihn diese Worte verletzen. Wenigstens ein kleines bisschen.

Logans Mundwinkel ziehen sich ganz langsam zu
einem trägen Grinsen hoch, das mir sofort in den
Magen schießt und von dort noch viel tiefer. »Ich
gehe davon aus, dass du nicht dein Kleid trägst,
wenn wir an dem Ende arbeiten?«

»Davon kannst du ausgehen«, sage ich und
unterstreiche meine Aussage mit einem Schnauben.

»Dann geht das klar.«

Ich öffne meine Tür und gehe in mein Zimmer.
Das alles tue ich ganz ruhig und entspannt. Ich gebe
auch noch keinen Ton von mir, während ich in nor-
malem Tempo die Tür schließe. Aber als diese zu ist,
stoße ich einen derben Fluch aus, in dem ich Logan
Davonport unflätig als irren Neandertaler bezeich-
ne. »Jen hat ganz recht, wenn sie ihn Fucking Asshole nennt. Ich werde aus diesem Mann einfach
nicht schlau. Er schaltet von heiß auf kalt auf heiß

und wieder zurück auf kalt. Mir wird schon ganz schwindlig.«

Entschlossen gehe ich zu meinem Bücherregal und wähle einen Liebesroman aus. Einen, in dem es einen Mann gibt, der auch nicht weiß was er will. Vielleicht finde ich ja in einem Buch eine Gebrauchsanweisung für Logan Davonport.

Vielleicht aber auch nicht. Ich habe noch nicht einmal die erste Seite gelesen - man muss ihm zugute halten, dass ich die erste Seite ungefähr zehn mal anfangen musste, weil ich meine Gedanken nicht von ihm losbekommen habe -, als ich eine SMS bekomme.

Über das Kleid können wir noch verhandeln. Hatte eben nur den Eindruck, dass du enttäuscht warst, als ich es ausgeschlossen habe von unserer Zusammenarbeit.

Logan

Was zur Hölle? Ich lese die Nachricht noch einmal. Will er mir damit sagen, dass er weiß, wie sehr ich mich nach ihm verzehre? Habe ich ihm irgendwie das Gefühl gegeben, ich wäre noch nicht fertig mit ihm? Denn das war es, was ich ihm zeigen wollte. Dass es mir gar nicht auffällt, dass er mir die kalte Schulter zeigt.

Dein Eindruck täuscht dich. Habe das Kleid verbrannt, hab den Schmutz nicht rausbekommen.

Hope

Ich kauf dir ein Neues.

Ist nicht nötig, ich steh jetzt auf Hosen.

Ich lege das Handy beiseite und beschließe, nach unten zu gehen und nach der Frau und dem Doc zu sehen. Heute ist das erste Mal, solange ich mich zurückerinnern kann, dass sich nachts niemand in der Bar aufhält. Es fühlt sich leer an, hier oben zu sitzen und keine Stimmen zu hören. Ein weiterer Beweis dafür, dass meine Welt ins Wanken gerät. Ich spüre es tief in mir: An diesem Punkt werden wir nie wieder zum Gewohnten zurückkehren können. Egal wohin uns Ronny McCraw führen wird, es wird sich alles ändern.

12. Kapitel

Mit einer Tasse Kaffee in der einen Hand und einer Tasse Kamillentee in der anderen schlüpfe ich in das Zimmer neben der Bar, in dem der Doc und seine Patientin liegen. Beide schlafen noch immer. Ich stelle den Tee auf das Schränkchen neben der Patientin. Selbst im Dämmerlicht kann ich den Verband sehen, der die hässlichen Narben verdeckt. Ihr Anblick ist so verstörend und beängstigend, dass ich die Augen kurz schließen muss, um ihn auszusperren und wieder durchatmen zu können. Diese Frau wird ihr ganzes Leben lang das gleiche gruselige Lachen im Gesicht tragen wie der Joker.

Wenn ich sie ansehe, frage ich mich, wie man einem Menschen so etwas antun kann. Aber dann treffen mich die Erinnerungen an all die Male, wo meine Mutter ein Mädchen von der Straße geholt und sie aus den Fängen eines Zuhälters befreit hat. Diese Männer haben keine Skrupel. Sie verachten Menschen auf eine Weise, die man sich kaum vorstellen kann. Für sie sind Frauen nur eine Ware. Eine Ware, der man immer, wenn einem danach ist, Schmerzen zufügen kann, nur um sich selbst besser zu fühlen. Dieses hässliche Lachen ist nicht das Schlimmste, was man einem Menschen antun kann.

Ich gehe rüber auf die andere Seite, um den Doc zu wecken. Er hat jetzt einige Zeit seinen Whisky ausgeschlafen. Es wird Zeit, dass er sich um seine Patientin kümmert. Ich fürchte mich davor, dass sie aufwacht und das Grauen und die Schmerzen sie überwältigen. Sie soll nicht noch mehr leiden müssen. Besser, der Doc gibt ihr etwas gegen die Schmerzen, bevor ihre Medikamente nachlassen.

Ich stelle die Tasse ab und lege eine Hand auf die Schulter des Docs.

»Das würde ich an deiner Stelle nicht tun. Er trägt die Fesseln nicht grundlos.« Logan lehnt im Türrahmen, die Hände in den Taschen seiner Jeans. Er trägt kein Shirt und auch keine Schuhe. Habe ich schon erwähnt, wie sexy nackte Männerfüße sind, die aus Jeanshosen herausragen?

Ich bemerke auch noch sein im gedämmten Licht schimmerndes feuchtes Haar, bevor mich die eine Frage trifft, die mir den Boden unter den Füßen wegreißt. In welcher meiner Freundinnen hat er sich heute vergraben? Vorsichtig nehme ich die Hand von der Schulter des Docs und richte mich auf. Ich gehe auf die Tür zu, schiebe mich an Logan vorbei und schlucke mehrfach, als sein Duft mich trifft. *Geh einfach weiter*, befehle ich mir. Tränen schwimmen in meinen Augen, aber ich wage nicht, sie wegzublinzeln. Sie sollen nicht über meine Wangen rollen und mich am Ende doch noch verraten. Logan darf nicht wissen, dass er mich verletzt hat. Eine Frau zu verletzen, ist der Albtraum, vor dem er sich am meisten fürchtet. Aus irgendeinem Grund hat er vor Tagen angenommen, ich wäre erfahren genug, um Sex mit einem Mann zu haben, ohne es kompliziert zu machen. Vielleicht ist der Grund für diese

Annahme, dass ich in einem Bordell aufgewachsen bin, wo bedeutungsloser Sex ohne Gefühle das Tagesgeschäft ist.

»Das sind also die Art Hosen, auf die du jetzt stehst?«

Mit der Hand auf dem unteren Geländer der Treppe bleibe ich stehen und sehe an mir herunter. Ich trage meine karierte Schlafshorts und ein Tanktop dazu. Bis zu diesem Augenblick habe ich mir noch nie Gedanken über die Sachen gemacht, die ich zum Schlafen anziehe. Jetzt frage ich mich, was Logan meint. Findet er die Shorts abtörnend? Wahrscheinlich schon. Die meisten Callgirls werden so etwas wohl nicht im Bett tragen. Aber mit Dessous ins Bett gehen, erscheint mir als ziemlich unbequem. Ich hebe einen Fuß, um die erste Stufe zu nehmen, als Logan seinen Arm von hinten um meine Taille schlingt. Er legt seine Lippen an mein Ohr und bringt meinen ganzen Körper zum Schaudern.

»Wenn ich gewusst hätte, dass du so was trägst, hätte ich nicht nach dir gesehen. Andererseits, wenn du so den Doc geweckt hättest, wäre die Sache auch nicht gut für dich ausgegangen. Also bin ich froh, dass ich dir nachgelaufen bin. Jetzt ist die Frage, was du denkst?«

Ich befreie mich aus seiner Umarmung und stelle mich auf die zweite Stufe. Das hat den Vorteil, ich bin größer als er und zum ersten Mal überhaupt, kann ich auf einen Mann herabsehen. Leider bessert sich dadurch meine Nervosität kein bisschen. Aber auch das Ziehen in meinem Bauch wird nicht weniger. »Eben hab ich noch gedacht: Aus wessen Bett ist der Kerl gekrochen. Jetzt denke ich: Er weiß einfach nicht, was er will.«

Er setzt dieses teuflische Grinsen auf und ich bin mir sicher, dass er weiß, was für eine Wirkung das auf mich hat.

»Ich war allein in meinem Bett und hab an dich und dieses Kleid gedacht. Und stelle jetzt fest, dass dieses Kleid mir scheißegal ist. Ich will dich und diese Höschen.« Er legt einen Finger an den Saum meines Hosenbeins und fährt daran entlang. Streichelt sanft über die empfindliche Haut ganz oben an meinem Oberschenkel. Nur zwei Zentimeter und mein Tanga trennen ihn von meinen Schamlippen. Mit aller Kraft verhindere ich, dass sich meine Augen schließen und ich ein Seufzen ausstoße.

»Bist du sicher, dass du mit einer Komplikation schlafen willst?«

Er blinzelt verwirrt, scheint aber zu dem Entschluss zu kommen, dass er im Moment nicht darüber nachdenken will, was ich meine. »Ich bin sicher, dass ich dich vögeln will. Im Moment ist das das Einzige, was ich weiß.«

Er kommt eine Stufe nach oben und legt seine Hände auf meine Taille. Ich kann diesem Mann nicht widerstehen. Besonders nicht, wenn er mir so nahe ist. Dann kann ich nur noch die pulsierende Hitze fühlen, die jeden Winkel meines Körpers erobert. »Scheiß drauf«, sage ich, benutze seine Worte und schlinge Arme und Beine um Logans Körper.

»Gott sei Dank«, stöhnt er, geht rückwärts die Stufen nach unten und öffnet die Tür zu einem der Separees. Ich registriere nur das riesige Himmelbett aus Metall, Fesseln und Lederpeitschen an den schwarzen Wänden und das dunkelrote Licht, das uns umgibt.

»War das beabsichtigt?«, frage ich keuchend. Logan löst seine Lippen von meinem Hals und sieht sich um.

»War es nicht. Mir steht heute nicht der Sinn nach Gewalt.« Er lässt mich auf das große Bett fallen und schiebt sich über mich. Ich lege meine Hände auf seine nackte Brust und genieße jeden einzelnen Blitz, der meinen Körper durchzuckt, als ich seine Haut endlich wieder unter meinen Fingern spüren darf. »Heute will ich diesen Körper genießen.«

Seine Lippen streichen zärtlich über meine. Er saugt meine Unterlippe zwischen seine Zähne und knabbert vorsichtig an mir. Seufzend erforsche ich mit meinen Händen die Erhebungen seiner Muskeln, atme tief seinen Duft ein und lasse mich von der Erleichterung davontragen, die durch mich durch fließt, weil Logan in meinen Armen liegt.

Logans Hände gleiten unter mein Tanktop und schieben es langsam nach oben. Er befreit meine Brüste und nimmt sich einen Augenblick Zeit, ihren Anblick in sich aufzusaugen. Was er sieht, scheint ihm auch heute zu gefallen, denn er stößt ein zufriedenes Brummen aus, bevor er seine Lippen um eine der harten Knospen legt. Er saugt sie in seinen Mund und spielt mit seiner Zunge an der kleinen Erbse, die sich unter seinen Liebkosungen noch fester zusammenzieht und kleine Stromstöße in meinen Unterleib schickt, der sich verlangend zusammenzieht. Ich hebe meinen Brustkorb an und fordere ihn auf, mir mehr von diesem köstlichen Gefühl zu geben, das seine Zunge auslöst. Logans andere Hand legt sich auf meine vernachlässigte freie Brust und massiert sie mit sanftem Druck.

Über das Rauschen in meinen Ohren hinweg höre ich mein Stöhnen. Hitze breitet sich in Wellen in meinem Körper aus und lässt meine Klitoris erwartungsvoll zucken. Mein Atem geht stoßweise unter seiner Liebkosung. Ich grabe meine Hände in sein Haar und ziehe sein Gesicht zu mir nach oben. Ich will seine Lippen auf meinen spüren, will in seinem Kuss ertrinken. Ich will das unvermeidliche Ende dieses Spiels hinauszögern, also zwinge ich ihn zum Anfang zurück. Nicht zuletzt, weil Logans Küsse wie Feuer sind, die sich in meine Seele fressen und mich abhängig von dem Gefühl machen, das er mit ihnen in mir auslöst. Diesem Bedürfnis, ihn nie wieder loszulassen.

Logans Kuss ist ungeduldig, warm und feucht. Er saugt hungrig an meiner Zunge. So als würde er das gleiche Bedürfnis danach haben, in diesem Kuss zu ertrinken wie ich. Seine Zunge spielt mit meiner und macht mich ganz verrückt nach seinem Geschmack. Ich stöhne in seinen Mund und verzweifle an dem Verlangen, das er in mir auszulösen vermag. Logan löst sich von meinem Mund und atmet keuchend ein. Seine Augen fixieren meine Lippen, die noch immer von seinem Kuss kribbeln. Er küsst sich einen Pfad zu meinem Hals, wo er seine Zungenspitze über meinen Puls flattern lässt. Seine Zähne kratzen über die empfindliche Haut, dann knabbert er an meinem Schlüsselbein. Seine Finger spielen mit meinen Brustwarzen und entlocken mir ein Keuchen, als er vorsichtig in die Knospen zwickt und an ihnen zieht.

»Jetzt bin ich dran«, stoße ich hervor, lege beide Hände auf seine Brust und stemme mich gegen ihn. Logan sieht mich erstaunt an, gibt aber mit einem breiten Lächeln nach und lässt sich auf den Rücken fallen. Ich setze mich auf seine Hüften, seine Erektion drückt hart gegen meine feuchte Spalte. Ich kann nicht widerstehen und reibe mich an ihm.

In meinem Kopf festigt sich ein Plan und um diesen zu verwirklichen, muss ich es schaffen, Logan soweit abzulenken, dass er nicht merkt, was ich vorhabe. Also beuge ich mich zu ihm runter, fahre mit meinen Händen über seinen Oberkörper und lecke auf meinem Weg nach oben über seine Haut. Er schmeckt nach würzigem Duschgel und Salz. Ich lasse meine Zunge um eine seiner Brustwarzen kreisen, dann knabbere ich an seinem Hals. Meine Hüften kreisen auf seinem Schaft. Ich muss mich anstrengen, mich nicht dem wundervollen Klopfen zwischen meinen Schenkeln hinzugeben. Logan legt seine Hände auf meinen Hintern, versucht die Bewegung meiner Hüften zu dirigieren.

Ich halte ihn auf, löse seine Hände von meinem Körper und führe sie über seinem Kopf zusammen. Dort halte ich sie fest und lenke ihn ab, indem ich meinen Unterleib härter auf seinen presse und ihn schneller reite. Meine Lippen finden seine und ich taste mit meiner freien Hand blind nach der Fessel in der Mitte des Kopfendes, die dort auf einem der Kopfkissen liegt. Als ich sie unter meinen Fingerspitzen spüre, ziehe ich sie heran und wickle die Samtbänder um Logans Handgelenke. Überrascht sieht er mich an, als ich ihn angrinse.

»Was machst du?«

»Ich dachte, es gibt nichts, was erotischer ist, als ein wehrloser nackter Mann.«

Er zieht nachlässig an der Fessel. In seinen Augen blitzt etwas auf. Er hat nicht wirklich vor, sich zu befreien. Wenn er das wollte, würde ein kräftiger Ruck reichen. »Dein Plan hat einen kleinen Fehler.«

»Und der wäre?«

»Ich bin nicht nackt.«

Mit einem teuflischen Lächeln rutsche ich an ihm herunter. »Aber fast.« Ich öffne seine Jeans und ziehe sie über seine Hüften nach unten. Nur bis zu seinen Füßen, damit er dort unten auch gefesselt bleibt. »Du hast auf Unterhosen verzichtet nach dem Duschen?«

»Vorsorglich. Irgendetwas hat mir gesagt, dass wir beide heute genau hier landen werden.«

Ich umfasse seine Erektion mit beiden Händen und sehe zu ihm auf. »Warum?«

Sein Blick wird nachdenklicher. »Weil ich dich so sehr will, dass es mich umbringt, wenn ich dich sehe, aber nicht berühren kann.«

Mit meinem Daumen verteile ich den Lusttropfen auf seiner Eichel und sehe ihn dabei weiter an. Seine Hüfte zuckt und er stößt seine Erektion in meine Fäuste. Ich drücke fester zu. So fest, dass er mit einem frustrierten Stöhnen innehält.«

»Und die letzten Tage wolltest du mich nicht?«

»Und wie ich dich wollte. Jede verdammte Minute und das macht mir Angst.«

Zufrieden reibe ich seine Erektion und nähere mich ihr ganz langsam mit dem Mund, Zentimeter für Zentimeter. Dabei sehe ich die ganze Zeit zu ihm auf und werde ganz kribbelig bei der verzweifelten Ungeduld in seinem Gesicht. Es zehrt ihn regelrecht auf, dass ich mir so viel Zeit lasse. Ihn so zu foltern, solche Macht über ihn zu haben, ist unglaublich erregend. Deswegen strecke ich auch meine Zunge nur ganz langsam raus, tupfe nur flüchtig mit der Zungenspitze gegen die kleine Spalte in seiner Eichel. Logan atmet heftig ein, seine Hüfte hebt sich mir fordernd entgegen. Feuchtigkeit sammelt sich zwischen meinen Beinen.

»Tu es«, brüllt er, als ich ihn wieder mit meiner Zunge antupfe, seine Eichel kurz zwischen meine Lippen nehme. »Du bringst mich um.« Jetzt zerrt er fester an seinen Fesseln. Aber ich bin mir sicher, wenn er es wirklich will, kann er sich befreien. Ich schließe meine Lippen um ihn und gleite langsam an seinem Schaft herunter. Meine Klitoris zuckt und mein Herz hämmert wild in meiner Brust. Ich habe noch nie etwas so Aufregendes und Mutiges mit einem Mann getan. Logan ruft in mir Dinge hervor, die mich selbst überraschen. Ich sauge an ihm, fahre mit meiner Zunge über die ganze Länge seines Schwanzes. Er stößt gierig in meinen Mund und stöhnt. Seine Hüften rotieren unter mir. In meinem Unterleib zieht es. Wie kann sich das hier so gut anfühlen?

Aber meine Folter soll noch nicht vorbei sein. Für die letzten Tage hat er noch Schlimmeres verdient als das hier. Ich lasse ihn aus meinem Mund gleiten, rolle mich neben ihn und ziehe mich aus. Dann knie ich mich mit weit gespreizten Beinen über seine Brust, lege eine Hand auf meinen Venushügel und grinse ihn herausfordernd an. Ich kann mich noch gut an seine Reaktion erinnern, als ich beim Essen erzählt habe, wie erregend Steve es gefunden hat, wenn ich es mir vor seinen Augen selbst gemacht habe.

Mit meinem Mittelfinger teile ich meine Schamlippen, schiebe ihn soweit es geht in mich, um ihn zu befeuchten, dann drücke ich ihn auf meine Klitoris. Mit den Fingern der anderen Hand öffne ich meine Schamlippen für ihn, damit er besser sehen kann, was ich tue. Logan reißt die Augen weit auf, als ich anfange, meine Klitoris zu bearbeiten. Um seine Folter noch weiter zu treiben, werfe ich den Kopf in den Nacken, schließe die Augen, zucke mit den Hüften und stöhne laut. Zu wissen, er sieht zu, treibt meine Erregung in unermessliche Höhen. Mein Stöhnen wird lauter. In mir zieht sich mit Heftigkeit alles zusammen. Ich bin kurz davor, zu kommen und schreie Logans Namen. Hände packen mich an den Hüften und werfen mich auf die Matratze. Ich reiße erstaunt die Augen auf und sehe dunkles, flüssiges Silber. Logan steht die Erregung ins Gesicht geschrieben.

»Das war nicht fair«, sagt er dunkel, greift nach dem Körbchen mit den Kondomen auf dem Nachtschrank, reißt es herunter, aber zeigt mir siegesgewiss, dass er eins erwischt hat. Er setzt sich auf meine Hüften, damit ich nicht fliehen kann, zieht schnell das Kondom über, dann drängt er seine Beine zwischen meine und stößt in mich. Hart und kräftig, ohne Vorwarnung. Ich schreie auf, schlinge meine Beine um ihn und dränge ihn zu schnelleren Stößen. Logan keucht angestrengt über mir. Immer schneller stößt er in mich und katapultiert mich direkt in den Himmel. Mein Unterleib zieht sich heftig zuckend zusammen, meine Nägel drücken sich in Logans Oberarme. Er erstarrt über mir, seine Bewegungen gehen über in ein langsames Zucken und er sieht mir in die Augen, während er kommt.

»Gut, dass die Wände hier schalldicht sind. Ich hab eine Frau noch nie so laut meinen Namen schreien gehört«, sagt er mit einem arroganten Grinsen und rollt sich von mir runter.

»Noch immer Angst vor meiner Mutter?«, frage ich und schmiege mich an seine Seite. Er zieht das Kondom ab und wirft es in den dafür vorgesehenen Eimer neben dem Bett.

»Um meine Männlichkeit in deinen Augen nicht vollkommen einzubüßen, beantworte ich diese Frage nicht.«

Würde er mich fragen, könnte ich ihm auch keine Antwort geben. In der einen Sekunde will ich, dass sie es weiß, vielleicht auch, um ihr zu zeigen, dass ich nicht länger das Kind bin, das sich an ihre Regeln hält. In der nächsten lähmt mich die Angst, dass sie mich wegschickt und ich mein Zuhause verlassen muss.

13. Kapitel

»Wir könnten ... Ich weiß nicht ... Vielleicht ...«, stammelt Ivy. Sie hat sich bei Liv und mir eingehakt, als würden wir einen Spaziergang machen. Wahrscheinlich würden wir das jetzt auch tun an einem freien Tag im *Destiny*. Aber wir alle stehen unter Arrest. Ich bin schon froh, dass Ethan mich heute Morgen zur Arbeit gefahren hat. So musste ich mich nur den halben Tag im *Destiny* langweilen und die Wände anstarren. Meine Mutter hat das *Destiny* für die nächsten Tage geschlossen. Und da niemand das Haus verlassen darf - außer um auf Arbeit zu gehen (und das gilt nur für mich) - langweilen wir uns jetzt. Denn wenn man weder Shoppen noch Ausgehen darf, dann bleibt einem als Frau nicht mehr viel. Selbst in einem Haus wie dem *Destiny*.

Heute Morgen hat der Doc die Frau, deren Namen wir noch immer nicht kennen, mit einem Krankentransport abholen lassen. Der Doc besitzt eine Privatklinik und wird dafür sorgen, dass die Unbekannte in keiner Kartei und keinem System auftaucht. Ich denke nicht darüber nach, wie oft der Doc schon Patienten behandelt hat, die nirgends auftauchen.

»Wie wäre es, wenn wir nach unten in das Zimmer mit den Fitnessgeräten gehen?«

Liv bleibt abrupt stehen und reißt die Augenbrauen erstaunt hoch. »Schlägst du gerade vor, Sport zu machen? Ich will nur sichergehen, dass ich mich nicht verhört habe.«

Ivy fängt gackernd an zu lachen. Ich gebe zu, Sport ist in meinem Leben kein großes Thema, aber wenn es doch sonst nichts zu tun gibt, dann kann ich mir schon vorstellen, ein paar Minuten auf einem Fahrrad zu verbringen, dass sich nicht von der Stelle rührt. Ein solches Fahrrad stufe ich als recht standfest ein, weswegen ich mich auch damit anfreunden könnte. Ein anderes Fahrrad kommt mir nicht unter meinen Hintern, das sollte ich an dieser Stelle wohl anführen. Ich war etwa elf, als ich mit meinem Rad zu schnell einen Berg hinuntergefahren und gegen eine Brückenwand gerast bin.

Damals wäre der Doc bestimmt auch eine große Unterstützung für mich gewesen, denn mein Körper war übersät mit blutenden Wunden. Adrienne hat es vorgezogen, lieber nicht zum Arzt zu gehen. Sie meinte, das würde mich nur stärker machen. Es hat mich nicht stärker gemacht. Genau genommen hat diese Erfahrung mich zu einem unsportlichen, jegliche Gefahr meidenden Menschen gemacht. Ich klettere keine Wände hoch, mache um Schlittschuhe und Inliner einen Bogen und denke nicht im Traum daran, mich mal kopfüber in eine Schlucht zu stürzen, nur gesichert durch ein Gummiseil.

»Okay, das war witzig. Ich weiß. Aber wie groß ist die Gefahr schon, mit einem Spinningrad umzukippen oder gegen eine Brückenwand zu fahren?«

Liv hakt sich bei mir ein und führt mich auf die Treppe zu. Da wir uns unten befinden, sehe ich sie verwundert an. »Der Fitnessraum ist da hinten.«

»Ich weiß«, sagt sie. »Aber Logan schwitzt dort drin gerade. Und dieser Mann kann wirklich sexy schwitzen. Deswegen ist dieser Anblick auch nichts für dich. Und du willst doch nicht, dass er dich dabei sieht, wie du versuchst Sport zu machen.«

Das will ich wirklich nicht. »Was meinst du mit, der Anblick ist nichts für mich?«

Ivy geht die ersten Stufen nach oben und dreht sich dann kichernd zu mir um. »Glaubst du etwa, wir haben nicht mitbekommen, was da läuft? Die einzige Person in diesem Haus, die keine Ahnung hat, ist Adrienne. Und das nur, weil sie gerade andere Sachen im Kopf hat.«

Sie dreht sich wieder um und geht weiter nach oben. Ich werfe der Tür, hinter der Logan offensichtlich also gerade sexy schwitzt, einen grimmigen Blick zu. Liv bemerkt ihn und grinst breit, dann zieht sie mich die Stufen nach oben.

»Wenn wir jetzt also keinen Sport machen«, werfe ich ein, »was machen wir dann?«

»Wir drehen noch eine Runde durch das Haus«, schlägt Liv vor.

Wir laufen also noch einmal zum einen Ende des Korridors, drehen um, laufen zum anderen Ende, werfen einen Blick aus dem Fenster und gehen zurück zur Treppe. »Wir müssen dich dringend ablenken«, meint Ivy jetzt.

»Warum?«, frage ich.

»Du hast jetzt ungefähr hundert Mal zur Treppe geschaut, ob er kommt.«

»Das habe ich nicht«, entrüste ich mich.

»Oh doch, das hast du. Es ist schwer, einen Mann wie ihn zu vergessen, aber das solltest du. Er kennt nur diese eine Art Sex. Die komplikationslose.« Da ist es wieder, dieses Wort, das mich in den letzten Tagen verfolgt wie ein sich durch mein Herz bohrender Wurm.

»Vielleicht braucht er einfach nur Zeit«, werfe ich ein und nehme die erste Stufe nach unten. Noch eine Runde und ich verwandle mich in ein Nervenbündel. Uns sollte unbedingt etwas einfallen. »Wie wäre es mit einem Martini?«

Liv grinst. »Die wievielte Runde machen wir schon?«

Ich hab bei vier aufgehört zu zählen. »Das ist eine Menge Martini.«

»Es waren ja nur ganz kleine«, sage ich.

»Das stimmt«, meint Liv.

Wir gehen weiter nach unten. Auf halber Treppe werfe ich dem Fitnessraum einen sehnsüchtigen Blick zu und erstarre mitten in der Bewegung. Mein Herz macht einen erschrockenen Sprung. Obwohl ich mich danach gesehnt habe, ihn zu sehen, trifft sein Anblick mich jetzt unerwartet. Er steht dort, ein Handtuch über seinen Schultern und unterhält sich mit Ethan.

Ich halte mich am Geländer fest und alles schaltet auf Zeitlupe. Er blickt auf und entdeckt mich. Sein Gesichtsausdruck wechselt von hart auf weich. Er versucht nicht einmal zu verbergen, dass er mich in diesem Moment will. Ich beschließe, ihn noch mehr zu reizen und lecke mir langsam über die Lippen, dabei fixiere ich seinen Blick. Dann wende ich mich ab und gehe die Stufen weiter nach unten. Ivy und Liv betreten gerade den Barbereich und sehen sich nach mir um. Als ich den ersten Fuß auf das Erdgeschoss setze, packt Logan mich um mein Handgelenk. Seine nackte Brust glänzt vom Schweiß, in seinem Blick liegt etwas Animalisches.

»Wohin«, knurrt er ungeduldig.

Ich blinzle verwirrt. »In mein Zimmer.«

»Nicht dein Zimmer.«

»Was? Warum ...« Weiter komme ich nicht. Logan unterbricht meinen Protest mit einem kurzen, aber stürmischen Kuss.

»Warum gehen wir nicht in eins der Separees?«

Er stöhnt genervt, zieht mich in seine Arme und knabbert an meinem Hals. »Weil deine Mutter beschlossen hat, ausgerechnet jetzt eine Inventur zu machen und sich gerade von Raum zu Raum arbeitet.«

Ich stoße ihn von mir weg. »Sie ist hier unten?«

»Leider.«

Ich packe wieder seine Hand und ziehe ihn in die Küche. Den mahnenden Blick von Ivy ignoriere ich einfach. Ich will Logan. Jetzt. Und nichts wird mich davon abhalten, diesem Mann endlich diese hässliche Trainingshose vom Körper zu reißen. »Der Dienstbotenaufgang. Den benutzt keiner. Seit ich denken kann, gehört der mir allein.«

Logan überholt mich und zerrt mich eilig auf die kleine, in einer Ecke versteckte Holztür zu. Er reißt sie auf, dann laufen wir die Stufen nach oben. Ich versuche nicht darüber nachzudenken, warum er nicht in mein Zimmer gehen wollte. Aber die kleine miese Stimme in meinem Inneren sagt mir, dass mein Zimmer eine Tabuzone für ihn ist, weil es mein Privatbereich ist. Und wie es im *Destiny* Regel ist, würde Sex auf einem der Zimmer der Mädchen mehr bedeuten als nur Business.

Logan packt mich um meine Taille und drückt mich ungeduldig gegen die Stofftapete. Sein Kuss ist wild und fordernd und brandet wie ein Feuersturm durch meine Adern. Unser beider Atem geht schnell und flach. Meine Hände fahren ungeduldig über seinen verschwitzten Rücken. Ich lege den Kopf zur Seite, um ihm besseren Zugang zu meinem flatternden Puls zu geben. Er leckt gierig über meinen Hals, beißt in mein Ohrläppchen und saugt daran. Hitze verteilt sich zwischen meinen Schenkeln. Ich reibe mich fordernd an seinem harten Oberschenkel. Ich bin wahnsinnig vor Verlangen.

Logans Hände legen sich grob auf meine Brüste und entlocken mir ein verzweifeltes Stöhnen. Lust brennt in meinem Körper. Logans Verlangen und die Gier, mit der er meinen Körper erkundet und an meinen Lippen saugt, verzehren mich. Ich schiebe meine Hände in den Bund seiner Hose und zerre sie hastig von seinem Hintern. Meine Hände auf seinem nackten Arsch, dränge ich seine Härte näher an meinen sehnsüchtig pulsierenden Unterleib.

»Ich hab keine Kondome«, sagt Logan plötzlich und schaut mich verzweifelt an.

Gespielt enttäuscht mache ich einen Schmollmund, dann ziehe ich aus der Potasche meiner kurzen Jeans ein Kondompäckchen und halte es ihm vor die Nase. »Ich dachte, es könnte nicht schaden, vorbereitet zu sein.«

»Da hast du recht. Vorbereitung ist alles. Gib Aids keine Chance und so. Her damit«, fordert er und reißt mir die Verpackung aus der Hand. Er öffnet das Päckchen, tritt einen Schritt zurück und schiebt das Kondom über seine pralle Erektion. Dann wirft er einen nervösen Blick auf meine abgeschnittene Jeans. »Ich liebe diese Teile ja an einem knackigen Hintern wie deinem. Aber jetzt gerade nicht. Runter damit.«

Kichernd helfe ich ihm, mich aus meiner Hose zu befreien. Er hebt mich aus dem Stoff, drückt mich gegen die Wand und murmelt: »Beine hoch und gut festhalten.«

Ich schlinge meine Beine um seine Hüften. Seine Härte drückt sich genau gegen die richtige Stelle. Ich kann ein lautes Stöhnen nicht unterdrücken.

»Deine Arme um meinen Hals«, befiehlt er und legt seine Hände mit weit gespreizten Fingern auf meinen Hintern. Dann versenkt er sich mit einem zufriedenen Stöhnen in mich, hält inne und zieht sich wieder zurück. Ich lasse den Kopf zur Seite rollen und komme mit meinen Hüften seinen Stößen entgegen. Haut klatscht auf Haut. Das Geräusch und unser hektischer Atem hallen leise von den Wänden wider. Ich spüre Logan ganz tief in mir, wo er mit heftigen Stößen meine Grenzen sprengt und einen sich stetig aufbauenden süßen Schmerz verursacht. Als mein Stöhnen lauter wird, löst Logan eine Hand von meinem Brustkorb und legt sie auf meinen Mund. »Schhht.«

Ich grinse unter seiner Hand. Keinen Ton von mir zu geben, klingt wie die schlimmste Folter, wo sich doch alles so perfekt anfühlt. Wo Wellen der Lust durch meinen Körper rollen und mich immer näher auf diesen Punkt zutragen, der meinen Verstand ausschalten und mich nur noch fühlen lassen wird. »Logan«, stoße ich gegen seine Hand hervor.

»Warte auf mich«, befiehlt er rau und bewegt sich noch schneller in mir.

»Ich ... kann ... nicht«, keuche ich, erstarre und komme in heftigen, erschütternden Wellen um Logans zuckenden Schwanz.

»Braves Mädchen«, flüstert er zufrieden. Er hält mich schwer atmend noch ein paar Sekunden fest, bevor er mich loslässt. Meine Oberschenkel vibrieren von der Anstrengung, ich schwanke und Logan hält mich grinsend fest. Nachdem ich mein Gleichgewicht wiedergefunden habe, zieht Logan das Kondom ab, verknotet es und sammelt unsere Sachen auf. Plötzlich hält er inne und sieht mich verwundert an. »Hörst du auch Musik?«

Ich lausche, während ich meine Hose schließe und nicke. Da kommt tatsächlich Musik durch die Tür. Vorsichtig öffne ich die Tür und schiele um die Ecke. Ivy lehnt an der Wand neben der Tür und tippt auf ihrem Handy herum. Als sie mich bemerkt, sieht sie auf und schüttelt den Kopf.

»Wird aber auch Zeit. Das nächste Mal sucht ihr euch ein Zimmer. Ich musste einen plötzlichen Hustenanfall vortäuschen, und als mir die Luft ausge-

187

gangen ist, habe ich wahllos Musik von meinem Handy abgespielt, damit Adrienne euer Gekeuche nicht hört.«

»Adrienne?«, frage ich und trete in den Flur raus. Logan kommt direkt hinter mir und nimmt den Flur in Augenschein.

»Wo ist sie jetzt?«

»In ihrem Zimmer und nein, sie hat nichts mitbekommen. Was wirklich unglaublich ist. Die Frau scheint zurzeit wirklich meilenweit weg zu sein mit ihren Gedanken.«

Grinsend zupfe ich meine Kleidung zurecht und Logan hält die Hand, in der er die Beweise für unser Stelldichein versteckt, hinter seinem Rücken außer Sichtweite von Ivy. Er lächelt mich unverbindlich an, haucht mir einen Kuss auf die Wange und geht auf die Treppe zu.

»Ich weiß nicht, was du glaubst, aber beende das solange du noch kannst. Du wirst diesen Mann nicht umdrehen können. Mehr als das bekommst du von ihm nicht. Ich bezweifle, dass er überhaupt mehr anzufangen weiß mit einer Frau.«

Ich schlucke die Tränen runter, die hervorquellen wollen. Ich weiß, dass sie recht hat. Aber noch habe ich nicht die Kraft, mich von ihm fernzuhalten. Die Macht, mit der er mich anzieht, mein Herz zum Rasen bringt und mich erzittern lässt, nur durch einen Blick, ist so überwältigend, dass ich nicht stark genug bin, mich ihm zu widersetzen.

Ich werfe einen Blick nach draußen, vor dem Verlagsgebäude steht der schwarze SUV, mit dem Ethan mich jeden Tag zur Arbeit fährt. Seit zwei Tagen habe ich Logan nicht mehr gesehen. Er ist auf der Suche nach Ronny McCraw und meldet sich nur kurz über Handy bei Ethan. Über Ethan hat Logan mir ausrichten lassen, dass er an dem letzten Kapitel im Leben seines Vaters arbeitet, während er ein paar Gangmitglieder observiert.

Er observiert? Ich habe viel mehr das Gefühl, er benutzt Ronny McCraw, um sich schon wieder vor mir zurückzuziehen. Er macht schon wieder zu. Nein, macht er nicht. Um zumachen zu können, hätte er sich erst einmal öffnen müssen und das ist nie passiert. Jedenfalls wachsen meine Zweifel an dem, was zwischen Logan und mir geschieht immer mehr. Ich bekomme den Gedanken nicht aus dem Kopf, dass Ivy recht hat. Logan kommt zu mir, wenn er Lust darauf hat, mich zu vögeln und danach vergisst er mich wieder für Tage. Ich weiß nicht, ob das, was wir haben, überhaupt eine Beziehung ist. Das Einzige, das ich mit Sicherheit weiß: Logan Davonport ist nicht gut für mich. Ich will mehr für ihn sein, als ein schneller Fick. Aber etwas anderes, als das Körperliche scheint uns nicht zu verbinden.

»Fucking Asshole hat eine Mail geschickt«, sagt Jen und bringt zwei Tassen Kaffee in mein Büro. Sie stellt sie auf den kleinen Tisch vor der Couch. Auf meinem Schreibtisch ist heute kein Platz für ihren Hintern. Überall liegen Bildmaterialien und Nachweise von Charly Walker verteilt. Ich will heute schon einmal eine kleine Vorauswahl treffen. Welche Bilder genau es ins Buch schaffen, das entscheiden wir dann gemeinsam bei einer Versammlung.

»Er hat eine Mail geschrieben?«, frage ich möglichst beiläufig und stehe von meinem Stuhl auf, um zu Jen hinüber zu gehen. Sie wirft vier Würfelzucker in meinen Kaffee und kippt einen großen Schluck Milch hinterher. Ich habe mir angewöhnt, meinen Kaffee im Verlag stark verdünnt zu trinken. So erspare ich es mir, Jen darüber aufzuklären, dass ihr Kaffee sonst meinen verfrühten Herztod bedeutet. Ich setze mich neben sie und nehme ihr meine Tasse ab. »Und was schreibt er?« In mir braut sich ein Gewitter zusammen, denn ich kann es nicht fassen, dass er an den Verlag schreibt und nicht an mich.

»Nicht viel, er hat uns nur das letzte Kapitel geschickt.«

»Und er hat nichts dazu geschrieben?«

»Kein Wort.«

»Einfach unglaublich! Er hätte es mir doch direkt schicken können. Noch besser, er hätte es mir persönlich geben können. Aber das hätte ihm abverlangt, mit mir zu reden. Und das kann man natürlich nicht von ihm verlangen«, schimpfe ich und verschütte fast meinen Kaffee. Jen nimmt mir die Tasse in letzter Sekunde ab und stellt sie wieder auf den Tisch.

»Ich hab dir gesagt, er ist ein Arschloch.«

»Ja, das hast du«, bestätige ich seufzend. »Was mach ich nur?«

»Lass es, wie es ist und schreib ihn ab.«

Ich verziehe den Mund. Ihn abschreiben. Das kann ich nicht. Noch vor wenigen Tagen habe ich mir geschworen, um ihn zu kämpfen. Vielleicht ist er wirklich nur viel zu beschäftigt. Ihn einfach aufgeben, das kann ich nicht. Als ich mich auf ihn eingelassen habe, wusste ich, dass Logan Probleme mit Beziehungen hat. Ich wusste, dass er nicht der Mann für mehr als Sex ist. Soll ich ihn jetzt dafür bestrafen, dass ich mich in ihn verliebt habe? Er hat nie gesagt, verliebe dich in mich.

»Leite einfach weiter, was er geschickt hat«, sage ich knapp.

»Mach ich, Chefin. So, und jetzt. Wann lädst du mich mal zu dir nach Hause ein? Ich platze vor Neugier.«

Ich lache über Jens begeisterten, erwartungsvollen Gesichtsausdruck. »Sobald keine halbtoten Frauen mehr in unserer Auffahrt liegen.«

»Ja, das hast du wohl recht. Das wäre ein unschöner Besuch.«

Als ich ein paar Minuten später Logans letztes Kapitel für die Biografie seines Vaters lese, weiß ich, warum es falsch wäre, ihn jetzt schon aufzugeben. Er hat gerade erst angefangen, die offenen Wunden zu schließen und zu verarbeiten, dass sein Vater nicht der Mann war, für den er ihn gehalten hat. Er war ganz anders: stark, liebevoll, hilfsbereit, aufopfernd. Über Jahre hinweg hat Logan sich gegen Gefühle verschlossen, aus Angst, die Seele einer Frau zu zerstören. Dieses Kapitel ist erst der Beginn eines langen Heilungsprozesses. Er hat es kalt und distanziert geschrieben. Seine Gefühle sind noch immer sorgfältig vergraben. Nur die Zeit kann sie ans Tageslicht befördern.

Vielleicht brauche ich nur noch etwas mehr Geduld und die Chance, dass er auch mal mit mir redet und zulässt, dass wir uns sanft dem Punkt nähern, an dem er bereit ist, seine Seele zu öffnen.

14. Kapitel

Ich bin überrascht, als ich um Vier am Nachmittag das Büro verlasse und in den SUV steige. Nicht Ethan sitzt hinter dem Lenkrad, sondern Logan. Erstaunt ziehe ich eine Augenbraue hoch, meine Handinnenflächen werden ganz nass, so nervös macht es mich, dass er so unerwartet neben mir sitzt. Er sieht erschöpft aus, trägt nur ein schwarzes Shirt, ohne das *Davonport-Security*-Logo darauf, das sonst fast all seine Shirts verziert, und Jeans.

»Mit dir habe ich nicht gerechnet«, sage ich möglichst unbewegt, aber ich kann es vor ihm nicht verbergen, dass ich mich freue, ihn zu sehen.

»Hast du mich vermisst, Süße?«, will er wissen und in seinen Augen blitzt es verschmitzt und zugleich begierig auf. Er lehnt sich zu mir rüber, schiebt eine Hand in meinen Nacken und zieht meinen Mund auf seinen, um mich zärtlich zu küssen. »Ich dachte, ich leg eine Pause ein, um zu sehen, wie sehr deine Muschi mich vermisst hat.«

Ich löse mich von ihm und lehne mich mit dem Gesicht zur Frontscheibe gegen meine Rücklehne. »Sie sagt, sie hat dich kein bisschen vermisst.«

»Dann werde ich ihre Erinnerung wohl auffrischen müssen«, entgegnet er leise lachend. »Zu dir können wir nicht, also zu mir?«

»Tut mir leid, ich hab schon was anderes vor.«

193

»Was denn? Martini mit Ivy und Liv?«

»Unter anderem«, bestätige ich. »Du kannst nicht wirklich denken, dass ich jedes Mal die Beine für dich breit mache, wenn du es mal wieder nötig hast«, fahre ich ihn an.

»Auch nicht, wenn ich dich sehr nötig habe?«, fragt er und verzieht seine Lippen zu einem bettelnden Schmollmund. Ich seufze, weil ich spüre, wie mein Widerstand bröckelt. Ich hab mich viel zu sehr nach ihm gesehnt. Und hat er eben nicht gesagt, dass er mich nötig hat? Mich! Er hat nicht gesagt Es oder Irgendeine. Er könnte auch gut zurück ins *Destiny* fahren und sich eine meiner Freundinnen schnappen. Aber er ist hier. Bei mir. Er braucht einfach nur Zeit, erinnere ich mich. Er beugt sich wieder zu mir rüber, legt seine Hand auf mein Knie und lässt sie langsam nach oben wandern. Dabei beobachtet er genau jede Regung in meinem Gesicht.

Zuerst strenge ich mich an, ihm nichts zu zeigen, doch als seine Hand unter den Saum meines Rockes rutscht und die Mitte meines Oberschenkels erreicht, sauge ich meine Unterlippe zwischen meine Zähne und beiße darauf. Ich stoße ein leises Stöhnen aus, als seine Fingerspitzen, gegen mein Höschen stoßen und auf meine erwartungsvoll zuckende Klitoris treffen. Auf sein Gesicht tritt dieses selbstsichere, teuflische Grinsen, als er spürt, wie feucht der seidige Stoff ist. Feucht, obwohl er mich kaum berührt hat.

Logan kommt mit seinem Gesicht näher, küsst mich und vollführt mit der Kuppe seines Fingers die gleichen trägen Kreise um meine Klitoris wie mit seiner Zunge um meine. Meine Hüfte zuckt. Ich bin fast dabei, die Welt um mich herum zu vergessen, als die Fahrertür von außen aufgerissen wird. Logan sieht zur Seite, seine Hand noch immer unter meinem Rock. Ich bin so erstarrt vor Schreck, dass ich einige Sekunden brauche, um Logans Hand wegzuschieben.

»Ethan?«, fragt er finster.

Ethan grinst von einem Ohr bis zum anderen. Ich zucke nur mit den Schultern. In letzter Zeit erwischt man mich öfters in eindeutigen Situationen mit Logan. Und dieses Mal beschleunigt sich nicht einmal mein Puls.

»Ich wollte nur Bescheid geben, dass ich Jordan in Garbol ablöse.« Garbol ist eine der No-Go-Areas von Glasgow. In diesen Stadtvierteln haben die Gangs und das organisierte Verbrechen die Straßen übernommen. Zu hören, dass die Männer sich in solchen Gegenden auf die Suche nach McCraw machen, versetzt mir einen heftigen Stich. Natürlich habe ich so etwas schon geahnt, aber es zu wissen ist etwas anderes. Ethan sieht zu mir rüber und wackelt mit den Augenbrauen. »Weitermachen.«

Ich weiche seinem Blick aus und tue so, als hätte ich nichts gehört. Er wirft lachend die Tür zu und Logan startet den Motor.

Die Fahrt in Logans Wohnung scheint ewig zu dauern, weil ich vor Vorfreude fast wahnsinnig werde. Mit jedem Meter steigt meine innere Unruhe und die Erregung in mir. Es ist ein unglaublich erotisches Gefühl, genau zu wissen, dass es nur noch

Minuten sind, bis Logan mir die Kleider vom Leib reißt und es mir hoffentlich hart besorgen wird. Gleichzeitig aber steigen auch die Zweifel in mir. Es sind nicht wirklich Zweifel, eher ein kleiner Knoten in meinem Magen. Ein winziges ungutes Gefühl, weil ich Ivys Worte nicht vergessen kann. Was, wenn es zwischen uns immer nur um Sex gehen wird? Wenn er nie für mehr bereit sein wird? Diese leise Stimme ist zwar da, aber so winzig, dass die Lust in mir sie einfach erstickt. Oder die Angst, dass, wenn ich nicht nehme, was er mir anbietet, ich nichts mehr von ihm bekommen werde.

Logan parkt das Auto. Ich warte nicht erst, bis er um das Auto herumgekommen ist, um mir zu öffnen. Ich steige gleich aus. Will der kleinen Stimme keine Chance geben, größer zu werden. Denn ich will das hier. Will mich endlich wieder in ihm verlieren, ihn spüren. Mich für einen Moment so fühlen, als wäre ich ihm genug.

Er nimmt meine Hand, zieht mich an seinen Körper und küsst mich sanft, dann gehen wir vorbei an dem wunderschönen schwarzen Zaun in das stattliche Haus. Mein Herz klopft wie Buschtrommeln. Ein wenig fühle ich mich wie ein Teenager auf dem Weg zu seinem ersten Mal. Vielleicht, weil es diesmal anders ist. Diesmal haben wir keinen Sex aus einem Impuls, einem Streit heraus. Vor seiner Wohnungstür küsst Logan mich noch einmal.

Ich schmiege mich an seinen Körper und genieße seine Wärme. Ihn einfach gehen zu lassen, wird mir in diesem Moment klar, darüber bin ich längst hinaus. Ich brauche diesen Mann, mehr als ich mir eingestehen will. Und das macht mir Angst. Aus dem einen Grund, weil ich befürchte, dass ich nie werde Nein sagen können zu ihm. Dass ich zulassen werde, dass es ewig so weitergeht mit uns wie bisher. Aber darüber will und kann ich jetzt nicht nachdenken. Nicht, wo Logan mich mit einem gierigen Stöhnen in seine Wohnung zieht. Er wirft die Tür hinter mir zu. Seine Finger sind längst dabei, meine Bluse aufzuknöpfen. Er zieht den dünnen weißen Stoff aus dem Bund meines Rockes, schiebt ihn über meine Schultern und lässt ihn noch im kleinen Flur zu Boden gleiten. Mein BH fällt ihm auf der Schwelle ins Wohnzimmer zum Opfer. Den Rock verliere ich vor einem runden massiven Esstisch im Wohnzimmer.

»Der ist neu«, stelle ich atemlos fest. »Wie lange wohnst du schon hier?«

»Lange genug, um endlich mal ein paar Möbel anzuschaffen. Und dieser Tisch hatte es mir irgendwie angetan. Ich hab ihn unten an der Ecke in dem Trödelladen gesehen und konnte nur daran denken, dich darauf zu vögeln.«

Ich streiche mit einer Hand über die glatte lackierte Oberfläche. »Ja, die Vorstellung hat was.«

»Und wie sie das hat«, sagt er dunkel und hebt mich hoch. Er setzt mich ganz vorn an den Rand, dann nimmt er sich Zeit, um mich zu betrachten. »Diese Hügel sind noch immer die schönsten weit und breit.«

»Ja, das hoffe ich doch. Nicht auszudenken, wenn sie sich in den letzten zwei Tagen dazu entschlossen hätten, der Erdanziehung nachzugeben.«

Logan legt seine Hände flach auf meine Brüste und reibt mit seinen Handflächen über die Knospen, die sich sofort zusammenziehen. Ich schließe die Augen und gebe mich seiner Liebkosung hin, die die schönsten Hügel weit und breit schwer und heiß werden lässt. Seine Lippen legen sich auf meinen Hals. Ich lege die Beine um ihn und ziehe ihn näher zu der Stelle, die sich nach ihm verzehrt. Meine Hüften fangen ganz von alleine an, zu kreisen. Mein Unterleib zieht sich in süßen heißen Wellen zusammen und fängt an sehnsuchtsvoll zu pulsieren.

Logan legt eine Hand zwischen meine Brüste, die andere legt er auf meinen Hinterkopf, dann drückt er mich sanft auf die Tischplatte. Er streichelt meinen Körper. Sein Blick ist wie flüssiges silbernes Feuer, spiegelt ein Verlangen wider, das mich erzittern lässt. Er lässt einen Finger unter den Bund meines Höschens gleiten und zieht es mir aus. Jetzt liege ich nackt vor ihm. Ausgebreitet wie ein Geschenk, und was er zu sehen bekommt, scheint sein Verlangen zu steigern. Er stöhnt leise und leckt sich über die Lippen.

»Ich will von dir trinken«, sagt er. Sein Brustkorb hebt und senkt sich schwer. Alles an ihm strahlt eine gefährliche Erregung aus, die mich sehnsüchtig wimmern lässt.

»Ja«, stöhne ich und lasse meine Hüften kreisen. Er kniet sich hin. Jetzt kann ich ihn nicht mehr sehen, aber ich spüre seinen Atem, der kühl auf meine Hitze trifft. Er packt meine Fesseln grob, hebt meine Beine an und positioniert meine Füße neben meinem Hintern auf der Tischplatte. Jetzt bin ich weit für ihn geöffnet.

Seine Zunge dringt in meinen Spalt ein. Ein Finger gleitet in mich. Logan fickt mich mit seinem Finger und leckt mich so heftig, dass heiße Flammen meinen Körper erobern und mich zum Beben bringen. Mit meinen Händen umfasse ich die Tischplatte neben meinen Füßen. Ich winde mich, zucke unter seinen Zungenschlägen. Er saugt meine geschwollene Klitoris zwischen seine Zähne, knabbert an ihr und leckt mich, bis ich zuckend komme und seinen Namen rufe.

Logan richtet sich wieder auf, zieht ein Kondom aus seiner Jeans und steigt aus seiner Hose. Sein Gesicht drückt heftiges Verlangen aus. Er stülpt das Kondom über, dann hilft er mir auf, hebt mich vom Tisch runter und dreht mich um. »Ich will deinen Arsch sehen, wenn ich es dir besorge.« Ich lege mich mit dem Oberkörper auf die Tischplatte und halte mich mit ausgestreckten Armen fest. Die Tischkante drückt sich schmerzhaft gegen meinen Unterleib. Aber das macht mir nichts aus. Ich recke Logan gierig meinen Hintern hin. Er packt grob meine Hüften, seine Daumen drücken sich in meine Arschbacken. Er beugt sich über mich, ich kann seinen Penis schwer und heiß auf meinem Rücken spüren. Seine Zähne streifen über meine Taille. Er küsst meinen Rücken, dann richtet er sich auf und im nächsten Moment ist er tief in mir.

Ich keuche auf, ergebe mich in den süßen Schmerz und den Feuersturm in meinem Körper. Mein Inneres zuckt um ihn. Er zieht sich zurück und stößt kräftig wieder zu. Ich schreie die Lust, die mich überwältigt, heraus. Er zieht sich ganz aus mir zurück, taucht einen Finger in mich und ersetzt ihn wieder durch seinen Penis. Sein Daumen verteilt Feuchtigkeit auf meinen Anus. Ich erstarre.

»Keine Angst«, sagt er rau. Er drückt die Spitze seines Daumens in mich, dann fickt er mich mit seinem Schwanz und seinem Finger zugleich. Das ungewohnte Gefühl an meinem Anus lässt nach und wird ersetzt durch pure Lust. Ich bin verwirrt darüber, dass es sich gut anfühlt, was Logan dort mit mir macht. Logans Stöße werden schneller und steigern das Ziehen in meinen Tiefen. Es fühlt sich an, als würde alle Hitze in meinem Körper sich an diesem einen Punkt sammeln. Mein Atem geht immer unruhiger. Vor meinen Augen beginnt es zu flimmern. Ich schließe die Lider, sperre alles aus und fühle nur noch. Logan, der tief in mir ist. Mich vollkommen ausfüllt und Dinge mit mir tut, die fremd sind und sich trotzdem wundervoll anfühlen.

»Logan«, stöhne ich. »Bitte.« Die süße Qual lässt mich zittern und wimmern. Ich spüre, wie sich mein Orgasmus zuckend ankündigt. Logan scheint in mir noch mehr anzuschwellen. Dann falle ich und für einen kurzen Moment ist alles nur noch dieses Gefühl, das mich in Milliarden Stücke zerreißt. Völlig außer Atem bleibe ich auf der Tischplatte liegen, bis Logan mich auf seine Arme hebt und mich in sein Schlafzimmer trägt.

Er legt sich neben mich auf das Bett und zieht mich auf seinen Körper. An meinem Oberschenkel spüre ich seinen erschlaffenden Penis. Ich gestatte es mir, für eine Weile die Augen zu schließen und nur Logans Herzschlag zu hören.

»Hast du mein Kapitel gelesen?«, will er irgendwann wissen und malt mit einem Finger Kreise auf meinen Rücken.

»Hab ich«, sage ich.

»Und was meint meine Lektorin?«

»Es ist gut, nur ein bisschen emotionslos. Vielleicht ergründen wir gemeinsam deine Gefühle.«

»So war das damals«, sagt er. »Ich habe nichts empfunden.«

»Und jetzt?«

»Fühle ich deinen Körper auf meinem und das ist alles, was ich jetzt brauche.«

Er blockiert seine Gefühle noch immer. Will sie nicht zulassen. Ich bin mir sicher, solange er keine Gefühle für seinen Vater zulässt, sich selbst gestattet, um ihn zu trauern, solange wird er auch keine für mich zulassen. Diese Einsicht lässt mein Herz schmerzhaft krampfen und drückt mir die Kehle zu. So sehr, dass ich kaum Luft bekomme.

»Hast du schon mal überlegt, deine Schwester zu suchen?«, schlage ich vor. Nicht ganz uneigennützig, denn ich hoffe, dass sie diese harte Schale knacken kann. Wer sonst, wenn nicht eine Schwester?

»Habe ich«, sagt er. »Ich hab jemanden in Edinburgh, der sich darum kümmert.«

Das klang jetzt auch nicht sehr emotional. Aber dass er sie überhaupt suchen lässt, macht mir Hoffnung. Ich streichle über seine Wange und sehe ihm direkt in die Augen. Es gibt Momente, da liegt so viel Weichheit in diesen Augen und dann ganz plötzlich ist sie wieder weg und ich frage mich, ob ich mich einfach nur von meinen Wünschen habe täuschen lassen. So wie jetzt, als er mich ansieht und dann ganz unvermittelt das Gesicht wegdreht.

Ethan parkt den SUV direkt vor dem *Destiny*. »Wenn wir uns beeilen, schaffen wir es noch zum Abendbrot.«

Abendbrot, denke ich und verdrehe die Augen. In diesem Haus gab es nie Abendbrot. Da gab es nur das Vier-Uhr-Essen, das von Adriennes »Mädchen!« abrupt beendet wird, wenn das *Destiny* aufmacht. Jetzt ist es schon eine Woche geschlossen. Logans Ermittlungen haben uns noch keinen Schritt weitergebracht und irgendwann werden wir wieder Kundschaft empfangen müssen. Von irgendwas müssen wir ja die derzeit fünfzehn Bewohner dieses Hauses ernähren. Wir können schon dankbar sein, dass Logan und seine Männer kein Geld von uns wollen für ihre Arbeit. Trotzdem werden alle langsam unruhig. Es fühlt sich an, als würde das *Destiny* unter einer Glocke feststecken, unter der die Zeit sich unendlich ausdehnt. Nur wenn ich im Büro bin oder Logan mich mal heftig oder mal zärtlich erschüttert, scheint die Zeit für einen Augenblick wieder in normaler Geschwindigkeit zu fließen.

Ich steige aus dem Auto und stoße einen lauten Seufzer aus. Nur Ethans SUV steht auf dem Anwesen, was heißt, die Zeit wird heute nicht schneller für mich fließen, weil Logan nicht da ist. Ich habe diesen Gedanken noch nicht zu Ende gedacht, da öffnet sich unten das Tor und ein zweiter SUV fährt die Einfahrt hinauf. Mein Magen schlägt einen überglücklichen Salto. Zu mehr als einem Salto reicht es nicht, denn als Logan aus dem Wagen aussteigt, vergesse ich vor Panik zu atmen.

»Was ist passiert?«, keife ich erschrocken. Logans Unterlippe ist geschwollen und gerissen. Getrocknetes Blut klebt in seinem Mundwinkel. Sein rechtes Auge ist zugeschwollen.

»Das ist gar nichts«, sagt er mit einem trägen Lächeln und fährt mit einer blutigen Hand durch seine wilden Locken. Er kommt auf mich zu, greift nach meiner Hand und zieht mich hinter sich her in das Haus.

»Was ist los? Bist du noch irgendwo verletzt?«

Er bleibt vor einem Separee stehen und sieht mich mit diesem wilden Feuer im Blick an. Meine Klitoris reagiert sofort auf diesen Blick und zuckt heftig. »Sag du es mir? Du musst nachsehen.« Er öffnet die Tür, zieht mich in den Raum und wirft die Tür eilig zu. Ich sehe mich kurz um und kann mit all den Sachen in diesem Raum nichts anfangen. Er drückt mich gegen eine Wand und legt eine meiner Hände auf seine Brust. Sein Herz rast so heftig, dass ich mir schon wieder Sorgen mache.

»Ich habe gerade einen guten Kampf gehabt. Und weißt du, was das Beste an so einem Kampf ist? Das Adrenalin, das danach durch die Venen gepumpt wird. Es sorgt dafür, dass ich dich unbedingt will. Ich muss jetzt in dir sein.«

Ich sehe ihn erstaunt an, aber alles, was ich sehen kann, ist ein verzehrendes Verlangen. Seit unserem letzten Besuch in seiner Wohnung sind drei Tage vergangen. Drei Tage in denen wir immer und immer wieder in irgendwelchen Ecken übereinander hergefallen sind. Und mit jedem Mal werde ich tiefer in die Seele dieses Mannes hineingezogen. Und er füllt mich aus. Sitzt so tief in meinem Herzen, dass es schon wehtut. Ich will ihm sagen, was ich für ihn empfinde, aber ich weiß, das wäre das Ende von uns. Wenn er es wüsste, dann würde er sich verschließen und mich zurücklassen. Ich begehre diesen Mann so sehr, dass ich zittere, als er eine Hand auf meine Wange legt und er mich küsst. Dieser Kuss spiegelt sein Verlangen wider und das Adrenalin, das ihn aufgeputscht hat.

Ich vergrabe meine Hände in seinen Haaren. Logan läuft rückwärts mit mir, dann löst er sich von mir, schiebt eilig meinen Rock nach oben und zerrt mein Höschen von meinen Hüften. Er hebt mich an und setzt mich auf das einzige, das ich in diesem Raum erkannt habe, eine Schaukel. Sein Blick verschlingt mich, als er sich seine Hosen runterzerrt und mit zitternden Händen ein Kondom über seine Erektion schiebt.

Er stößt einen Finger in mich und prüft, ob ich bereit für ihn bin. Das bin ich immer. Nur ein Blick auf ihn, seinen harten muskulösen Körper und seine maskuline Rauheit und ich bebe vor Verlangen. Er tritt zwischen meine Schenkel, führt seine Eichel an meinen Eingang und schiebt sich langsam in mich. Sein Gesicht zuckt vor Anspannung, während er immer tiefer in mich eindringt und mich auf diese köstliche Weise dehnt. »Wie du dich anfühlst um meinen Schwanz herum, das macht mich süchtig. Ich will immer mehr und mehr davon«, flüstert er, zieht sich zurück und verfällt in einen langsamen Rhythmus, der uns beide in eine träge Erregung hineintreibt. Dabei bewegt er nicht seinen Körper, sondern bewegt die Schaukel sanft vor und zurück. Gleitet fast aus mir raus und spießt mich wieder auf.

»Mach es dir selbst«, befiehlt er. Ich nehme meine Hand zwischen meine Beine, er senkt seinen Blick nach unten und ich lasse zwei Finger um meine Klitoris kreisen, stöhne leise und ziehe mich zuckend um ihn herum zusammen, als mein Orgasmus schnell über mich hinwegrollt und Logan mit sich reißt.

Wir ziehen uns langsam an und küssen uns immer wieder. In der Eingangshalle vor den Separees, schiebt Logan mich unter die Treppe und küsst mich dort noch einmal ausgiebig. Unser Kuss wird von einem Räuspern unterbrochen, das ich noch gut aus meiner Kindheit kenne. Dieses Räuspern habe ich immer dann gehört, wenn ich etwas angestellt habe. Und ja, ich habe etwas angestellt. Obwohl jeder im Haus über Logan und mich Bescheid wusste, Adrienne wusste nichts. Wir lösen uns voneinander. Mein Herz springt mir fast aus der Brust, solche Panik habe ich.

Sie sieht Logan hart an. »Nicht meine Tochter, wir waren uns einig.«

Logan tritt einen Schritt von mir zurück und holt Luft, um etwas zu sagen. Sein Blick ist entschlossen und teuflisch genug, um mir Respekt einzuflößen, aber meine Mutter bleibt ungerührt. »Ich will es nicht hören«, sagt sie mit einer Enttäuschung im Gesicht, die mich schlucken lässt.

Sie greift um Logan herum und schnappt sich mein Handgelenk. Hilflos sehe ich Logan an, doch als der Anstalten macht, uns zu folgen, hält Ivy ihn zurück. »Jetzt nicht. Du machst es nur noch schlimmer für sie.« Logan bleibt stocksteif stehen und sieht mir nach. Er wollte mir helfen, wollte zu dem stehen, was wir beide tun, habe ich den Eindruck. Das gibt mir Kraft. Ich gehe freiwillig mit meiner Mutter mit in ihr Büro. Sie setzt sich hinter ihren Schreibtisch und mustert mich ernst.

»Wie lange geht das schon?«

»Die ganze Zeit«, sage ich entschlossen.

»Ich hatte dich vor ihm gewarnt. Du bist ein Abenteuer für ihn. Mehr nicht. Ein Spielzeug, das er benutzt, wann immer ihm danach ist und das er dann genauso schnell wieder vergisst.«

»Das ist nicht wahr«, werfe ich trotzig ein. »Für seine Verhältnisse benutzt er mich schon recht lange.«

»Er ist Belles Kunde schon seit über einem Jahr. Zwischendrin nimmt er auch mal Liv, selbst Ivy konnte ihm nicht widerstehen. Ich weiß, er hat etwas an sich, das Frauen hilflos in seine Arme treibt. Aber er wird dir nie mehr als Sex geben. Der Mann ist kaputt. Er hat zu viel gesehen.«

»Nein«, wehre ich ab. Ich bin mir sicher, dass meine Mutter sich irrt. Nein, ich will, dass sie sich irrt. Aber dann sind all die Zweifel wieder zurück.

»Was, außer Sex gibt es da noch?«, will sie wissen und ihr Blick sagt mir, dass sie die Antwort schon kennt. Sie nickt bestätigend. »Hab ich mir gedacht.«

Ich sacke innerlich zusammen und lasse die Tränen und den Schmerz zu. Ich habe es immer gewusst, das macht es nicht leichter. Was hat mich glauben lassen, dass da mehr sein könnte? Logan hat nie auch nur einen Hinweis darauf gegeben, dass da mehr als Sex ist. Und ich bin an alldem schuld, weil ich es zugelassen habe, obwohl ich wusste, wohin mich das führen würde. Meine Mutter spricht aus, was ich nicht sagen kann: »Du liebst ihn. Vielleicht ist es besser, du ziehst in Danas Wohnung, sobald wir wissen, dass du dort sicher bist. Bis dahin sorge ich dafür, dass du ihm hier nicht so häufig über den Weg läufst.«

Ich nicke einverstanden mit ihrem Vorschlag, weil ich plötzlich weiß, dass ich die ganze Zeit auf etwas gehofft habe, das er mir nie geben wird. Und ich habe mir alles schöngeredet, nur, um weiter in seiner Nähe sein zu dürfen.

15. Kapitel

Es ist nicht meine Mutter, die dafür sorgt, dass ich Logan nicht mehr begegne. Er ist es, der sich so in seinen Ermittlungen vergräbt, dass ihm keine Zeit mehr bleibt, im *Destiny* nach dem Rechten zu sehen. Dafür ist Wesley Snipes jetzt öfters hier. Wesley heißt eigentlich Jordan Burke und ist einer der lustigsten Menschen, die ich kenne. Er imitiert sämtliche Berühmtheiten, die man sich vorstellen kann, perfekt. Mit Wesley kommt also etwas Abwechslung in das *Destiny*. Zumindest für die anderen.

Ich verbringe meine Abende in meinem Zimmer, bearbeite Manuskripte oder lese Bücher. Die Biografie von Charly Walker ist fertig und kann bald in den Druck gehen. Je weiter das Buch vorankommt, desto mehr Sorgen mache ich mir um Hannah. Ich bin mir nicht mehr so sicher, ob sie mit dem Druck der Medien nach der Veröffentlichung zurechtkommen wird. Wenn sie das nicht schafft, reißt das einen weiteren Spalt in Logans Seele.

Vor meinem Bürofenster steht wie jeden Tag in den letzten zwei Wochen der schwarze SUV und wartet darauf, dass ich mein Büro abschließe und nach Hause fahre. Heute ist Freitag. Ich habe Jen schon vor einer Stunde nach Hause geschickt, seither drücke ich mich im Verlag herum und mache Arbeit, die ich eigentlich nicht erledigen muss, nur um noch etwas Zeit zu gewinnen. Aber viel länger kann ich Ethan nicht warten lassen, deswegen packe ich meine Sachen zusammen und schließe mein Büro für heute.

Als ich rauskomme, stehen sogar zwei SUV am Straßenrand. Beide tragen das *Davonport-Security-Logo* an ihren Türen. Ich sehe mich nach Ethan um und schnappe überrascht nach Luft, als ich ihn mit Logan vor dem Café nebenan stehen sehe. Die beiden unterhalten sich angeregt und bekommen mich gar nicht mit. Ich sollte mich ins Auto setzen, anstatt Logans Anblick länger in mich aufzusaugen. Stattdessen fühlen sich meine Beine an, als wären sie mit dem Boden verwurzelt. Ich kann mich nicht wegbewegen. Ein weiterer SUV hält direkt vor Logan und Ethan. Logans Mund verzieht sich zu einem nervösen Lächeln, dann setzt er sich in Bewegung und öffnet die Beifahrertür.

Das ist der Moment, in dem ich zerbreche. In dem ich zulasse, dass Menschen an mir vorbeigehen und bemerken, dass Tränen über meine Wange strömen. Eine rothaarige Schönheit in einem hellblauen Kleid steigt aus dem Auto. Logan reicht ihr die Hand, noch immer lächelt er, dann zieht er sie an sich und umarmt sie. Mit letzter Kraft reiße ich meine Beine los und gehe auf Ethans SUV zu und steige ein. Mein erster Instinkt rät mir, mir ein Taxi zu nehmen. Aber dazu fehlt mir die Kraft. Und auf gar keinen Fall will ich, dass Logan weiß, was ich gesehen habe.

Auf dem Fahrersitz sitzt ein Fremder. Der Mann ist etwas über fünfzig. Er hat eine Schlange auf seinem Hals tätowiert und sieht mich freundlich an. Sein schwarzes Haar ist an den Schläfen ergraut, in seinem Gesicht sind tiefe Falten. Er hält mir die Hand hin.

»Ronny McCraw«, sagt er trocken.

Mein Herz stolpert und beginnt zu rasen. Ich greife nach dem Türgriff, aber McCraw ist schneller und betätigt die Kindersicherung.

»Ich sehe, du weißt, wer ich bin.« Er hebt eine Hand und wischt mit seinen Fingerknöcheln über meine Wange. Seine Hand ist rau, als er sie wegzieht, sehe ich die verschorften Stellen auf den Knöcheln.

»In letzter Zeit mal wieder eine Frau geschlagen«, sage ich kalt.

Er zuckt lässig mit den Schultern. »Mach ich jeden Tag.« Dann sieht er mich musternd an. Er scheint mein Gesicht regelrecht zu vermessen. »Du hast nicht viel Ähnlichkeit mit deiner Mutter. Trotzdem bist du eine Überraschung für mich.« Er wirft einen Blick nach draußen, wo Ethan sich mit einem Berg von einem Mann unterhält. Logan, die Rothaarige und der zweite Davonport-SUV sind verschwunden. Diese Erkenntnis trifft mich schlimmer als das Wissen, dass ich mit einem der schlimmsten Verbrecher Glasgows in einem Auto eingesperrt bin. »Er ist es nicht wert, Kleine. Nicht besonders clever dein Freund. Dieser übertriebene Beschützerinstinkt für dich, hat mich erst auf deine Spur gebracht. Jeden Esel hätte es stutzig gemacht, wenn hier ständig seine Autos parken. Also dachte ich, schau ich mir das mal an.«

»Was wollen Sie von mir?«

Er sieht wieder nach Ethan. Dass er in der Nähe ist, macht ihn nervös. McCraw ist nur halb so mutig, wie er mir weismachen will. Ich schiele zum Lenkrad. Ich muss nur schnell genug sein, dann erwische ich die Hupe. Er schüttelt den Kopf, als er meinen Blick bemerkt.

»Keine Angst, ich geh gleich wieder. Ich hab nur eine Botschaft für deine Mutter. Sag ihr, wenn sie nicht bald aus ihrem Versteck kommt und mit mir abrechnet, lerne ich dir das Lächeln.« Er zwinkert, entriegelt das Auto und springt raus. Eine Limousine taucht wie aus dem Nichts auf und sammelt McCraw ein, noch bevor ich aus meiner Starre erwacht bin und die Hupe betätigen kann.

Ethan schlägt wieder und wieder auf das Lenkrad ein. »Ich kann es nicht fassen. Direkt vor meinen Augen. Logan wird mich umbringen.«

Ich lache bitter. »Wird er nicht, schließlich war er auch da.«

Ethan schlängelt sich viel zu schnell durch den Verkehr. Nebenbei telefoniert er mit Logan und klärt ihn auf. Ich versuche mich auf dem Heimweg darauf vorzubereiten, Logan zu sehen, nach dem, was ich von ihm und der Rothaarigen weiß. Innerlich fühle ich mich wie gelähmt. Aber jetzt ist nicht der Augenblick, um Gefühle zuzulassen. Wahrscheinlich hat Ethans Anruf ihn gerade davon abgehalten, sich von ihr zu holen, was er braucht. Wahrscheinlich hat er ihr die gleichen Dinge ins Ohr geflüstert wie mir.

Ich blinzle die Tränen weg, dabei ist es egal, ob ich weine. Ethan wird sich denken, dass McCraw mir zugesetzt hat. Oder dass ich Logan mit dieser anderen gesehen habe. So oder so, er wird verstehen, warum ich wie ein kleines Mädchen heule. Vor allem anderen muss ich mich jetzt zusammenreißen, denn ich werde ihn gleich wiedersehen und er soll nicht sehen, was er mir angetan hat. Alles, was er sehen soll, ist, dass er mich nicht mehr interessiert. Dass ich fertig bin mit ihm. Hart schlucke ich den Schmerz runter und hebe mir die Tränen für später auf. Auf keinen Fall soll Logan gleich in mein tränenverschmiertes Gesicht sehen.

Kopfschüttelnd grinse ich in mich hinein. Gerade eben saß ich mit dem schlimmsten Scheusal überhaupt in einem Auto und alles, woran ich denken kann, ist Logan. Dabei sollte ich vor Angst zittern, weil McCraw gedroht hat, mir das Lächeln beizubringen. Mein Magen sollte sich zusammenkrampfen, denn ich weiß, was er damit sagen will. Dass er mich erwischen wird und ich dann die nächste Patientin in Docs Krankenhaus sein werde, die keine Akte besitzt. Nicht einmal einen Namen.

Ich stampfe wütend über den Kies in der Auffahrt und auf das Auto zu, an dem Logan schon wartet. Er dreht sich zu mir um und runzelt kurz die Stirn, bevor er auf mich zukommt. Ich hebe abwehrend die Hände und trete von ihm zurück. »Mir geht es gut, danke.«

Dann brechen die Gefühle sich doch Bahn. Ich fange nicht an zu heulen, dazu bin ich zu wütend, weil ich ihr Parfüm an Logan rieche. Stattdessen schubse ich Logan, stoße ihm meine Fäuste gegen die Brust.

»Ich hab eine Weile gebraucht, bis ich es verstanden habe. Aber jetzt weiß ich es ganz sicher. Ich bin nur ein weiteres Callgirl für dich mit dem du bedeutungslosen Sex haben kannst und das du dann durch die Nächste mit bedeutungslosem Sex ersetzen kannst. Ich bin ein Geschäft.« Logan sieht mich verwirrt an. Ich stoße ihn noch einmal. Neben der Treppe steht der Kerl, der aussieht wie ein Bär, und reibt sich sein kurzgeschorenes Haar. Sein Blick huscht zwischen Logan und mir hin und her und er scheint sich köstlich zu amüsieren. Ich wende mich wieder Logan zu, der noch immer ratlos wirkt.

»Wenn du so sehr ein Callgirl in mir sehen willst. Dann bekommst du, was du willst. Ab sofort werde ich für jeden, der dafür bezahlt, die Beine breit machen.« Ich gehe auf den muskulösen Mann zu, hake mich bei ihm unter und ziehe ihn in das *Destiny* und auf eine Separee-Tür zu. Ich öffne sie wild entschlossen, die Sache durchzuziehen. Denn wenn ich das tun muss, damit Logan vielleicht erkennt, dass er mehr für mich empfindet als er sich eingestehen will, dann werde ich es tun.

Logan ist uns gefolgt und steht jetzt hinter mir im Eingangsbereich. Er wirkt ein wenig verloren und ratlos, und auch wenn sich Mitleid mit ihm in mir regt, ich muss das hier tun. Ich muss ihm zu verstehen geben, wie ich mich fühle, bei dem, was er mit mir macht. Er gibt mir das Gefühl austauschbar zu sein. Und sich selbst versteckt er hinter der Lüge, die er für sich aufgebaut hat, um sich zu schützen.

»Ab sofort werde ich ein Callgirl sein. Vielleicht setz ich dich auf meine Liste, Kleiner«, sage ich zu Logan. »Aber diese Liste wird lang sein, so wie sich das gehört für ein Callgirl.«

Danksagung

Liebe Leser, zuerst muss ich Euch danken. Ich weiß, ich mute Euch mit diesem Ende viel zu, aber ich hoffe, Ihr nehmt mir das nicht zu übel. *Hopeless* war von Anfang an als Zweiteiler geplant. Ich bitte Euch also um ein wenig Geduld. Der Zweite Teil kommt in wenigen Wochen. Ihr müsst also nicht lange darauf warten.

Mein weiterer Dank geht an meine Korrektorinnen Sandra, Diana und Luna, die sich kurzfristig auf die Fehlersuche begeben haben. Ihr wart toll! Meiner Schwester danke ich für die Inspiration. Ohne sie wäre ich nicht auf die Idee mit den tollen Leinwänden gekommen. Ach ja, bevor ich es vergesse: Den Cliffhanger verdankt Ihr Sky Landis.

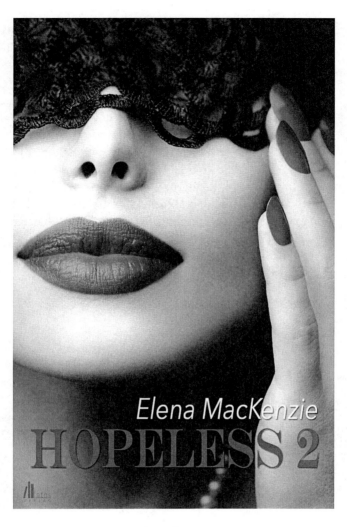

Hopeless 2
von Elena MacKenzie

Hopeless 2
von Elena MacKenzie

Hope ist eigentlich kein bisschen schüchtern, immerhin ist sie in einem Puff groß geworden. Doch als Logan Davonport im Freudenhaus ihrer Mutter auftaucht, ist sie seinen Annäherungsversuchen hilflos ausgeliefert. So locker Hopes Leben auch ist, es gibt für sie eine Regel und diese überwacht ihre Mutter unter allen Umständen: Keine Freier! Aber Logan mag sich so gar nicht an diese Regel halten. Mit allen Mitteln versucht er Hope dazu zu bewegen, sich ihr zu widersetzen und sich seinen Begierden zu unterwerfen.